TOTEM

Chris Offutt naît en 1958 dans le Kentucky, où il grandit au pied des Appalaches. Après avoir tenté de s'engager, il traverse les États-Unis en stop et commence à écrire. Il intégrera plus tard le prestigieux Iowa Writer Workshop. Auteur de plusieurs romans et recueils de nouvelles, il collabore également à l'écriture de scénarios pour des séries, dont *Weeds*, *True Blood* et *Treme*. *Nuits Appalaches* a remporté le Prix Mystère de la Critique et le Prix du roman noir du festival de Beaune.

LES FILS DE SHIFTY

Un roman subtil et captivant.

France Info

L'enquête est bien charpentée et inattendue, mais l'essentiel est dans les détails, lorsque Chris Offutt s'attarde sur la beauté des collines arborées, les noyers en pleine floraison, le ronronnement d'un pick-up bien entretenu.

Libération

Avec les aventures de Mick Hardin, dont *Les Fils de Shifty* est le deuxième volet, Offutt marque profondément le rural noir de son empreinte, pour s'affirmer plus que jamais comme un des maîtres actuels du genre.

Le Figaro Magazine

Avec l'écriture aiguisée qui le caractérise, Chris Offutt livre ici un roman noir où personne n'est vraiment innocent et où les raisons d'un meurtre sont parfois bien plus complexes que l'on pense. Outre un suspense efficace et angoissant, il offre ainsi une vision sans fard de l'Amérique profonde.

Le Soir

Chris Offutt manie le détail et l'ellipse avec une élégance rare. Il sait que la littérature n'est pas là pour juger mais pour comprendre les glissements des uns et des autres vers les pays sombres.

Lire Magazine

DU MÊME AUTEUR

Sortis des bois, totem n°188
Nuits Appalaches, 2019 ; totem n°165
Kentucky Straight, totem n°104
Le Bon Frère, totem n°64

Enquêtes de Mick Hardin

La Loi des collines, 2025
Les Fils de Shifty, 2024 ; totem n°301
Les Gens des collines, 2022 ; totem n°263

Chris Offutt

LES FILS DE SHIFTY

Roman

Traduit de l'américain
par Anatole Pons-Reumaux

TOTEM

TOTEM n°301

Titre original : SHIFTY'S BOYS

ISBN 978-2-404-08056-7
ISSN 2105-4681

Illustration de couverture © Sam Ward
Conception graphique de la couverture : Valérie Renaud

Pour Sam Offutt

Ces collines ne changent pas.

CESARE PAVESE

I

À L'ÂGE de huit ans, Albin avait décidé qu'il deviendrait pilote de course quand il serait grand. Il fabriquait des maquettes de voitures, assemblant des pièces de divers modèles pour créer son propre bolide – numéro onze, peint en vert et blanc. Il se rêvait comme le plus jeune vainqueur du Brickyard 400, avec assez d'argent pour se payer des glaces à chaque repas. Il ne s'était jamais imaginé qu'à vingt-deux ans il conduirait un taxi dans sa ville natale de Rocksalt, Kentucky.

La moitié du travail consistait à attendre dans sa voiture un appel du central. L'autre à sillonner des routes qu'il avait parcourues des milliers de fois ces huit dernières années – goudron, terre et gravier. Il avait une carte du comté imprimée à l'intérieur du crâne. Il lui suffisait d'y jeter un coup d'œil mental pour connaître le meilleur itinéraire. Il avait quelques réguliers, des hommes passablement éméchés qui quittaient les deux seuls bars de la ville. La majorité de ses clients se rendaient chez le médecin ou rentraient de l'hôpital. Ses revenus dépendaient d'eux, et il éprouvait une déception passagère quand ils guérissaient, ce qui, il le savait, en disait long sur lui.

Cela faisait six heures qu'il était de service sans avoir reçu aucun appel. Il traversa au pas le petit campus, chose inutile en pleine nuit, mais il s'ennuyait et il était à court d'option. La rue principale était déserte. Il passa devant la nouvelle prison, encore une perte de temps, personne n'étant libéré après la tombée de la nuit. Les bars s'animaient à peine, et il faudrait plusieurs heures avant que les ivrognes commencent à sortir. Il appela le central pour vérifier que son portable fonctionnait et se fit rabrouer parce qu'il bloquait la ligne.

Rocksalt disposait de quelques lieux propices à attendre le client. Le parking d'une pharmacie au milieu de la ville était le meilleur d'entre eux, mais Albin s'était fait arnaquer deux fois par des accros aux opiacés qui avaient dépensé tout leur argent en médicaments. L'heure était venue de trouver un coin isolé, de tirer deux barres sur un joint, et de se plonger dans son vieux rêve de pilote de course. Il suffisait qu'un agent influent de passage en ville monte dans son taxi et remarque ses talents au volant.

Il avait acheté son premier kart chez Western Auto, une entreprise qui avait fait faillite depuis des années maintenant. Albin adorait entrer par l'arrière du magasin et descendre les marches vers l'espace de vente. C'était la seule vue panoramique en intérieur du comté, qui suscitait son émerveillement d'adolescent. Aujourd'hui, le parking goudronné derrière le magasin était infesté de nids-de-poule, certains assez profonds pour endommager la suspension de sa voiture. L'asphalte était jonché de sacs de fast-food et de bouteilles de soda vides. Il les esquiva savamment pour rejoindre son emplacement préféré, contre l'ancienne porte, dont la vitre avait été remplacée par un panneau de contreplaqué. Le toit projetait une ombre qui cacherait son taxi. Une drôle de silhouette gisait dans un coin du parking, et Albin alluma ses phares. Quelqu'un dormait contre la clôture délabrée, quelqu'un qui pourrait avoir besoin d'une course.

Albin descendit de voiture, ce qu'aucun chauffeur de taxi n'aime faire, et s'avança vers l'homme allongé sur le dos. Un bras était coincé sous son corps, l'autre comme tendu vers lui. Des taches noires maculaient ses vêtements. Albin crut à de la boue, jusqu'à être assez près pour reconnaître du sang séché. Les jambes flageolantes, il revint à sa voiture et appela les urgences. Puis il planqua la fin de son joint à l'intérieur du chargeur de téléphone encastré dans le tableau de bord, soulagé de ne pas avoir fumé avant l'arrivée des flics.

2

MICK Hardin s'éveilla d'un rêve où il était étendu dans son lit d'enfant sans pouvoir bouger. Ses paupières semblaient lestées, et il se demanda s'il était déjà mort et qu'on avait posé des pièces sur ses yeux. Les pièces étaient censées maintenir les paupières fermées et rémunérer le passeur qui transportait les morts de l'autre côté du Styx. Mick resta allongé en repensant à la bombe artisanale qui l'avait envoyé dans un hôpital militaire pendant trois semaines. On lui avait ensuite prescrit de la rééducation pour sa jambe, un processus éreintant et douloureux. Il était passé du lit au fauteuil roulant, avant d'enchaîner sur trois mois de béquilles. Il avait ensuite eu droit à une canne qui l'embarrassait en public.

Son supérieur, le colonel Whitaker, lui avait présenté une canne spécialement conçue pour les soldats. L'aluminium ultraléger était peint en noir, avec un slogan sur le côté : THIS WE'LL DEFEND*. Les mots étant imprimés à

* "Ceci, nous le défendrons" : devise de l'US Army. (Toutes les notes sont du traducteur.)

la verticale, l'apostrophe était quasi invisible, et la devise semblait être au premier abord : THIS WELL DEFEND*. Chaque fois que Mick l'utilisait, il se rappelait le vieux puits à la cabane de son grand-père dans les bois, son eau si froide qu'elle lui engourdissait les gencives. Il avait suivi le programme de rééducation jusqu'à pouvoir claudiquer tout seul dans la base, puis il avait demandé à rentrer au pays pour le reste de son congé médical imposé. Sa femme s'occuperait de lui et pourrait le conduire à l'hôpital militaire le plus proche, à Lexington, à cent trente kilomètres. Le colonel avait accepté et ordonné à Mick de garder son portable allumé pour rester joignable en permanence. Mick avait hoché la tête et embarqué pour le Kentucky.

Il ouvrit les yeux. Il était dans la maison de sa mère, et non dans la cabane où il avait passé son enfance. Il se sentait épuisé, les membres lourds, à cause des antalgiques. Il était passé du fentanyl sur le champ de bataille à la morphine à l'hôpital, puis au percocet après sa sortie. Il continuait d'en prendre, alors que la douleur n'exigeait plus un tel traitement.

Il avait menti au colonel Whitaker. Il n'avait plus de femme pour s'occuper de lui. Ils s'étaient séparés un an plus tôt. Les papiers du divorce étaient dans sa valise, pas encore signés, aux côtés de son portable, éteint. Il attendait d'avoir une raison de remplir les documents et de tirer un trait sur seize ans de mariage. Malgré les circonstances, ça ne lui semblait pas correct. Pas plus que d'occuper une chambre d'amis dans la maison de sa mère. Sa sœur Linda avait hérité de la maison à la mort de celle-ci. Linda était

* "Défendre ce puits".

au travail. Elle était shérif du comté, candidate à sa réélection, et il ne la voyait pas beaucoup.

Le réveil indiquait dix heures trente, et Mick savait qu'elle n'allait pas tarder à rentrer déjeuner. Il avait juste le temps de marcher ses trois kilomètres quotidiens pour justifier la récompense du percocet. Il quitta la maison au bout de Lyons Avenue et partit d'un bon pas. Dans plusieurs jardins du voisinage, des buissons de forsythia resplendissaient d'un jaune radieux dans le soleil printanier, leurs rameaux déjà teintés de vert sur les bords. Les jonquilles étaient en fleur. Sur la colline surplombant la rue, il voyait la brume des gainiers rouges et quelques cornouillers roses. Les collines étaient magnifiques en toutes saisons, surtout au printemps, quand la terre offrait tant de promesses et d'espoir. Leur beauté le submergea. Sa vie avait été chamboulée au plus haut point, et il était là à panser ses plaies sous le toit de sa mère, aux bons soins de sa sœur revêche. L'absurdité de la situation le réjouit momentanément.

Une voisine lui fit un signe depuis son parterre de fleurs. Deux chiens apparurent au coin d'une autre maison, tout l'arrière de leur corps se tortillant pour le saluer. Il leur accorda une caresse sans cesser de marcher, ne voulant pas perdre son élan. Sa jambe lui faisait mal, mais c'était agréable d'être en mouvement. Il était quasiment guéri. L'exercice journalier était la dernière étape de la rééducation, destinée à reconstruire la masse musculaire qu'il avait perdue en restant allongé plusieurs semaines dans des lits d'hôpitaux sinistres. De l'autre côté de la rue, il avisa Miller, le facteur, un homme qu'il connaissait du lycée. Il occupait un des seuls emplois fédéraux du comté, pour lequel plus de quatre cents personnes avaient postulé. Tout le monde se demandait comment Miller avait eu le poste.

Mick maudit en silence son mauvais timing – maintenant il allait devoir bavarder avec chaque habitant de la rue venu récupérer son courrier. Comme de juste, le vieux Boyle s'attarda devant sa boîte aux lettres, regardant Mick approcher. Il portait un pantalon à plis, des mocassins taupe et une chemise boutonnée jusqu'au col, comme s'il s'était mis sur son trente-et-un pour quitter la maison. Bull Boyle avait servi au Vietnam et perdu un fils en Irak. Il gardait une certaine sympathie pour Mick, enveloppée d'un voile de ressentiment parce que Mick était revenu plus ou moins intact. Sur chaque oreille, il portait une grosse prothèse auditive en forme de croissant, d'une vague couleur taupe. Mick reconnut les vieux appareils pour vétérans.

— Comment va la guibole ? demanda Boyle en désignant la jambe de Mick.

Mick ralentit son allure en signe de respect.

— Elle se renforce de jour en jour, dit-il. Bonnes nouvelles au courrier ?

— Ouais, j'ai gagné deux mille dollars. Faut que j'aille chez le concessionnaire Chevy les récupérer. Ils vont me servir leur petit baratin et me refiler une paire d'écouteurs. Qu'est-ce que je vais pouvoir en foutre ? Ma tête va ressembler à une quincaillerie avec tous ces gadgets dessus.

Mick gloussa.

— Ta sœur va bien ? dit Boyle.

— Ouais, elle m'épuise. C'est juste pour me l'enlever des pattes que je fais mes promenades.

— C'est un bon shérif, dit Boyle. Je vais voter pour elle.

— Linda dit que ça va être serré.

— L'autre type est un bon à rien. Il se prend pas pour de la merde sur un bâton, ce qu'il serait pourtant s'il avait une jambe de bois. (Il jeta un œil à la jambe de Mick.) Le prends pas mal, hein.

— Bien sûr que non, monsieur Boyle. Il faut que je file avant qu'elle se raidisse.

— C'est bien. À la revoyure, petit.

Mick accéléra, cherchant à entendre le craquement imperceptible de son genou ou le grincement imaginaire de sa hanche. À vol d'oiseau, le premier carrefour était à quatre cents mètres de la maison de sa sœur, mais Lyons Avenue suivait un ruisseau sinueux dans les collines et le chemin prenait finalement un gros kilomètre. Deux fois, il traversa la rue pour éviter les gens.

Leur père était mort jeune et Linda était restée avec leur mère. À partir de ses huit ans, Mick avait vécu avec son grand-père et son arrière-grand-père dans les bois, à vingt kilomètres à l'est. Il n'avait jamais aimé la ville. Il n'avait rien contre Rocksalt en particulier, plutôt contre les groupes de gens en général. La ville exigeait une patine sociale qu'il n'avait pas, un exosquelette de politesse. Les gens disaient une chose et pensaient le contraire. Ils se vexaient si on osait être franc et direct. Comme si dire ce qu'on pensait était interdit. Il préférait la franchise des gens de la campagne et de la vie militaire.

Lyons Avenue s'achevait sur Second Street, un nom qui avait toujours amusé Mick par son manque d'imagination. Dans les grandes villes, ce genre de désignation avait du sens à cause des nombreuses rues parallèles, mais Rocksalt n'en avait que trois : Main Street, First Street, et Second Street. Il fit demi-tour vers la maison de sa sœur. Deux voitures passèrent et il les salua d'un signe sans les regarder. La sueur formait une pellicule sur son dos et ses jambes. Comme il avait encore du souffle, il accéléra le pas pour adopter une marche forcée, les yeux fixés droit devant, alertes en périphérie. La maison de sa sœur apparut dans son champ de vision, et il la rejoignit au pas de course, marquant la cadence dans sa tête, cent quatre-vingts pas à la minute, jusqu'à arriver dans l'allée.

Pantelant comme un chien, il s'appuya au mur extérieur et but au tuyau, satisfait de ses progrès. Il était presque d'aplomb pour reprendre du service. La femme avec qui il avait été marié seize ans vivait dans une autre ville avec un autre homme et leur enfant. Au mieux, il considérait la situation comme un dommage collatéral de ses missions prolongées à l'étranger. Au pire, il avait échoué dans son rôle de mari.

3

Le shérif Linda Hardin rentrait déjeuner chez elle avec son frère, dans son véhicule de fonction. Elle adorait Lyons Avenue, où elle avait grandi. C'est là qu'elle avait appris à faire du vélo, qu'elle avait vendu des bougies de Noël en porte-à-porte pour son école primaire, et que, plus tard, elle était sortie en douce fumer des cigarettes avec une fille du voisinage. Linda connaissait tous les voisins, et aucun n'aurait pu deviner qu'elle deviendrait le premier shérif femme de l'histoire du comté. Elle qui roulait d'ordinaire pied au plancher, elle conduisait toujours au pas dans sa propre rue pour que tout le monde puisse voir le gros 4 x 4 avec l'emblème officiel sur les portes et la barre lumineuse sur le toit.

Elle avait eu une matinée chargée mais stérile – une voiture déserte garée sur une route de terre du côté de Big Brushy, des graffitis indéchiffrables sur une grange, et quatre chiens errants qui poursuivaient une vache égarée. Elle avait une audience au tribunal l'après-midi. Pas une mauvaise vie pour une célibataire avec un bon salaire. Le seul inconvénient était son frère, qui, bien qu'apparemment remis de l'attaque à la bombe en Afghanistan, prenait encore des cachets et quittait rarement la maison. Sa présence était une force palpable, comme s'il emplissait tout l'espace avec son âme blessée. Elle l'aimait, mais elle préférait vivre seule.

Elle s'engagea dans son allée et le vit appuyé aux lambris, en train de s'asperger l'arrière du crâne avec le tuyau. L'eau formait un cône autour de son visage, comme un voile. C'était ce qu'il avait pris de plus proche d'un bain depuis plusieurs jours.

— Salut Mick, dit-elle. Contente de voir que tu fais un brin de toilette.

Il hocha la tête, faisant trembler l'éventail d'eau comme un rideau de douche. Elle entra dans la maison pour prendre une serviette, remarquant avec une grimace qu'elles étaient toutes propres et pliées, comme depuis une semaine. Elle sortit avec.

— Je veux pas que tu trempes toute la maison, dit-elle.

Il éteignit le tuyau et la remercia d'un signe de tête.

— Je voulais te demander, pourquoi tu fais la grève de la douche ? Ta jambe ?

— Non, dit-il.

— Ben, ça me court sur le haricot.

— T'aurais dû me dire plus tôt qu'il fallait seulement marcher dessus.

Elle pouffa.

— Alors, dit-elle, pourquoi ?

— À l'armée, je prenais une douche par jour, parfois deux. En partie à cause du sable du désert. Mais la vraie raison, c'était que je ne savais pas quand j'aurais accès à l'eau courante.

— Ouais, et alors ?

— Toi, tu as toujours de l'eau courante. Savoir que je peux prendre une douche à tout moment signifie que je n'ai pas à le faire.

— Ça n'a pas beaucoup de sens, tout ça, grand frère.

— Non, sans doute pas. Plus grand-chose n'a de sens.

— C'est les médocs qui parlent, là. Pourquoi tu en prends encore ?

— Parce que je suis coincé ici à vivre avec toi au lieu de ma femme. Et c'est mieux que le whiskey.

— Peut-être qu'il est temps d'y retourner.

— Au whiskey ?

— Non, en Allemagne, à la base. À la vie que tu aimes.

— Pas tout de suite.

Il s'éloigna, frottant énergiquement la serviette sur sa tête. Linda le regarda partir. Elle se faisait du souci pour lui, mais c'était un grand garçon, et elle s'inquiétait davantage pour sa propre carrière. Quelques années plus tôt, Linda était devenue opératrice du central pour le bureau du shérif. À sa grande surprise, elle avait aimé faire partie de quelque chose de plus vaste qu'elle, quelque chose qui était bon pour le comté. Quand un adjoint avait démissionné à la suite d'un scandale de harcèlement sexuel, on lui avait offert le poste. Les huiles du comté avaient estimé qu'une première femme adjointe au shérif permettrait de compenser la publicité négative. Linda avait accepté à contrecœur, surtout pour l'augmentation. Le shérif était mort brutalement, et elle avait été promue au détriment de l'adjoint le plus haut gradé, un crétin paresseux et incompétent qui travaillait à temps partiel dans une décharge où il avait réussi à démolir trois camions-bennes, une performance remarquable. Il avait quitté les forces de l'ordre, et Linda avait choisi Johnny Boy Tolliver comme adjoint et appris sur le tas.

Elle n'avait jamais eu l'intention d'être candidate au poste de shérif. Son plan était d'assurer l'intérim jusqu'à l'élection et de demander au vainqueur de la réaffecter au central, mais un connard sexiste s'était lancé dans l'arène. Il était crucial pour elle de le maintenir hors circuit. S'il avait remporté l'élection, il aurait conforté dans leur opinion tous les hommes qui jugeaient qu'une femme ne doit pas avoir d'autorité.

Surtout, elle était douée pour ce métier. Tout le monde connaissait son historique familial – père ivrogne, mère recluse, frère à problèmes et asocial. Dans le comté d'Eldridge, ces informations publiques la rendaient digne de confiance. Elle était convaincue de pouvoir remporter l'élection tant que son frère ne faisait pas de vagues. En surface, il était calme et mesuré, mais elle savait qu'il était capable d'agir de manière impulsive et inattendue. Il était incontrôlable. Peut-être qu'elle devrait confisquer des opiacés à un dealer et veiller à ce qu'il en ait en quantité. Drogué, il ne risquerait plus de perturber l'élection. Dans l'idéal, elle l'arrêtait pour détention de stupéfiants et le renvoyait à la base. Souriant en son for intérieur, elle entra dans la maison.

Mick avait préparé le déjeuner – sandwichs dinde-gruyère avec chips et soda. Une légère tension teintait leur silence. Il mangea comme au mess, les bras protégeant son assiette, les yeux rivés sur la nourriture. Linda se creusa la cervelle pour trouver un sujet qui détendrait l'atmosphère, tâche ardue car nombre de sujets basiques étaient interdits

– sa femme, ses blessures, les cachets, jusqu'à sa foutue hygiène.

— Oh, dit-elle. Des nouvelles locales dont il faut que je te parle.

Il hocha la tête en mâchant.

— On a retrouvé un corps il y a deux jours.

— Juste un ?

— Eh oui, gros malin. Le truc, c'est que tu le connais.

Elle attendit qu'il fasse preuve de curiosité pour le monde au-delà de ses problèmes. Mais il se contentait de la dévisager, attendant la suite.

— C'était Fuckin' Barney, dit-elle.

— Il trafique toujours de l'héro ?

— Ben, plus depuis deux jours.

Son bref sourire fut comme un soudain rayon de soleil émergeant de derrière un nuage de pluie avant de disparaître. Elle triompha intérieurement.

— Tu as un suspect en tête ? dit-il.

— Non. C'est de la compétence des municipaux. Il était derrière Western Auto. Il a pris trois balles.

— Je croyais qu'ils avaient fermé.

— Ils ont fermé. Rien à voir avec le magasin.

— Ça a à voir avec quoi, alors ?

— La came. Quoi d'autre ? Maintenant, fais la vaisselle, tu veux ? Et prends une douche, bordel. Je file au tribunal.

Elle se leva de la table en Formica, ajusta son ceinturon et s'en alla. Mick se demanda pourquoi elle était aussi remontée. En bon soldat, il obéit à ses ordres, puis il avala un percocet et s'allongea sur le canapé. Il lui restait un cachet. Il pouvait le garder pour plus tard ou le gober tout de suite. Il le goba. Il le regretterait le lendemain quand il en aurait envie, mais les regrets s'empilaient comme du bois de corde partout où il posait les yeux. Son congé médical allait bientôt s'achever. Mieux valait être sevré à ce moment-là. N'empêche, les jours passeraient encore plus lentement sans cachets.

L'opiacé fit effet – pas aussi fort qu'il aurait aimé, mais assez pour aplatir sa perception du temps. Il y avait une jolie lumière à la fenêtre.

4

QUATRE jours plus tard, Mick se sentait guéri à quatre-vingt-dix pour cent. Le brouillard quotidien de fatigue s'était estompé en l'absence de percocet. Il avait réprimé les envies passagères, pas tant d'opiacés ou de whiskey, mais d'évasion en elle-même. Mick supposait qu'il avait de la chance – il aimait boire, et il savait désormais qu'il appréciait les narcotiques, mais il n'avait pas le gène de l'addiction. C'était un interrupteur qu'il pouvait couper à tout moment. Les premiers jours étaient rudes. Bien plus rude encore était la conscience que l'interrupteur était toujours à portée, prêt à être actionné à tout moment.

Le désœuvrement était son ennemi, et il marcha deux fois par jour sur une plus grande distance, d'abord cinq kilomètres, puis huit, puis dix. Sa jambe ne le faisait souffrir que la nuit. Il se mit à ranger la maison et à prendre une douche quotidienne, ce qui améliora ses relations avec sa sœur. Tous les autres membres de leur famille étaient morts. Ni l'un ni l'autre n'avait d'enfant. Il ne restait plus qu'eux, et mieux valait donc s'entendre avec elle. Il décida d'essayer la télévision, mais il n'y avait que du sexe et des zombies, des tueurs en série et des flics tristes. Les comédies n'étaient pas drôles. Il trouva un documentaire sur l'Atlantide, un lieu qui avait peut-être existé, mais personne ne savait où. Le film était une succession de vues de l'océan, et il se demanda comment on pouvait qualifier ça de documentaire.

On frappa à la porte principale, chose inhabituelle car la plupart des gens utilisaient l'entrée latérale, côté cuisine. Mick mit le documentaire en pause et ouvrit à Mason Kissick. Ils se jaugèrent comme le font les hommes de la campagne en ville, tous deux mal à l'aise avec la situation, attendant que l'autre réagisse. Mason baissa le menton en guise de salut.

— Mick, dit-il.

— Mason.

La phase initiale passée, une autre minute s'écoula, durant laquelle Mick tâcha de comprendre pourquoi le frère de Fuckin' Barney était là. Mason se tenait droit comme un arbre que rien ne pouvait troubler.

— Paraît qu'on t'a tiré dessus, dit-il.

— Nan, j'ai pris une mine.

— Mince. Pas trop la gueule de bois ?

— Je te parle d'une mine qui explose, Mason. Tu veux quoi ?

— Pas moi, maman. Elle veut te parler.

— Ben, fais-la entrer, alors.

— Elle veut pas venir en ville. Elle m'a envoyé te ramener chez nous.

— La dernière fois qu'on a parlé, on n'était pas en bons termes.

— Elle a dit de te dire que c'était du passé.
— Qu'est-ce qu'elle a derrière la tête, Mason ?
— Non. (Il secoua la tête.) Elle a dit qu'elle t'expliquerait elle.

Mick réfléchit à l'expédition. Ses seules sorties jusque-là avaient été à la pharmacie et à l'hôpital. Il avait fait un saut pour récupérer des affaires dans son ancienne maison, vide après le déménagement de sa femme. Ça lui avait donné un tel cafard qu'il avait juré de ne plus y remettre les pieds. Rouler jusqu'à l'autre bout du comté pouvait lui faire du bien.

Mason manœuvrait sa Taurus avec les plus grandes précautions, clairement peu habitué aux subtilités de la conduite en ville. Sa manière de négocier les STOP était de s'en approcher furtivement avec quelques freinages hésitants, puis d'attendre longtemps devant le panneau. Une fois pleinement assuré qu'il était en sécurité, il s'engageait dans l'intersection avec une soudaine accélération, puis un rapide coup de frein, comme pour éviter tout véhicule de dernière minute qui aurait échappé à sa vigilance. Mick regarda par la fenêtre. Il avait roulé avec de pires chauffeurs dans l'armée. Le pire du pire, c'était les contractuels civils en Irak.

Le vert pâle du printemps s'étendait sur le paysage, chaque nouveau bourgeon tendu vers le soleil. Il y avait dans les collines une énergie palpable qui émanait des arbres encore en fleur, des feuilles qui se déployaient, et des jeunes animaux – les faons, les renardeaux et les serpenteaux naïfs. La lumière était douce, le ciel pastel. Mick était heureux d'être hors de la maison et en mouvement, d'avoir une destination, même si c'était la mère de Mason.

La dernière fois qu'il avait vu Mme Kissick, ils étaient tous deux armés. C'était une femme coriace.

Mason quitta le goudron pour le chemin de terre qui conduisait à la maison de sa mère.

— Hé, dit Mick. J'aurais dû te le dire plus tôt. Je suis désolé pour ton frère.

— Merci, dit Mason. Au fait, maman veut plus qu'on l'appelle Fuckin' Barney. C'est Barney, maintenant. Juste Barney.

Mick acquiesça. Dans les collines, la mort était une force de nivellement social, porteuse de formes complexes de respect. Il se remémora une femme qui avait épousé un homme que ses parents méprisaient de son vivant. Quand il était mort jeune, ils l'avaient enterré dans le cimetière familial.

Mason se gara dans le jardin à côté des trois marches en bois conduisant au porche qui s'étendait sur tout l'avant de la maison. Le vallon recevait moins de lumière que la ville, et le chêne du jardin avait quelques chatons. L'herbe était clairsemée. Ils montèrent les marches et entrèrent dans la maison.

Shifty Kissick était assise dans un fauteuil inclinable avec une manette réparée au scotch, et des napperons drapés sur chaque accoudoir. Sur la table basse à côté d'elle, il y avait un cendrier, une tasse de café et un petit pistolet sans cran de mire afin d'éviter les accrocs sur les vêtements. Mick l'avait vue amicale et menaçante, mais jamais comme en ce moment – renfrognée dans sa douleur, les yeux brûlant comme des hauts-fourneaux. Il attendit qu'elle parle. Au lieu de quoi, elle désigna une chaise.

— Mason, dit-elle, va lui chercher un café.

— Je suis désolé pour votre fils, madame Kissick, dit Mick.

Elle réagit à peine, tellement habituée à entendre cette platitude qu'elle lui glissa dessus comme de la graisse. Elle avait perdu deux de ses cinq enfants, deux garçons, un dans un accident de voiture des années auparavant, et maintenant Barney assassiné. Mason apporta une tasse de café noir et fumant dans un mug décoré avec une vache joviale. Par respect, Mick la tint de manière à cacher le sourire bovin. Le salon était bien rangé et contenait un canapé, deux fauteuils, une télévision grand écran avec une console de jeux, et une peinture par numéros représentant la Cène dans un cadre en filigrane. Un autre mur arborait une photo couleurs défraîchie de Shifty et de son défunt mari. Ils avaient l'air heureux. Mick but une gorgée de café âpre et hocha la tête, en attente.

— Tu es toujours dans l'armée ? dit Shifty.

— Oui, madame. En congé jusqu'à ce que ma jambe aille mieux.

— Combien il te reste ?

— Ça dépend du toubib. Mais pas longtemps, environ une semaine.

Elle opina, et il comprit qu'elle savait déjà tout ça. Elle était sans doute aussi au courant pour sa femme et le bébé. Il se demanda si elle savait pour le percocet. Il resta assis en silence, attendant la suite. La culture des collines ne prévoyait pas de bavardages cordiaux. Elle l'avait fait venir. Il était là. C'était à elle de parler, et il patienterait jusqu'à ce qu'elle lui donne la raison de cette convocation.

— J'ai besoin d'aide, dit-elle.

Il la considéra d'un air surpris. Elle avait perdu un garçon, mais Mick n'allait pas combler le vide dans le trafic de drogue laissé par la mort de Fuckin' Barney. Il jeta un regard à Mason, le benjamin, un homme qui avait besoin d'instructions précises. Peut-être voulait-elle qu'il fasse des travaux sur son terrain. Ça lui ferait de l'exercice, et Mason pourrait lui servir de chauffeur.

— Quel genre d'aide, madame Kissick ?

— Trouver qui a tué Barney.

— Il faut parler aux municipaux.

— Je leur ai parlé, dit-elle. Autant pisser dans un violon. Ils se sont déjà fait leur idée.

Ses pupilles s'étaient contractées de rage. Son œil droit s'était concentré sur l'œil droit de Mick, un signe d'agressivité. Mick étudia sa tasse de café.

— Qu'est-ce que vous a dit la police ? demanda-t-il.

— D'arrêter de les harceler.

— Vous avez pensé à prendre un avocat ? Il connaîtra le bon moyen de parler aux flics.

— Je peux pas, dit-elle.

— Vous pouvez pas ou vous voulez pas ?

— Les deux, mais surtout je peux pas.

— Ça m'a l'air compliqué.

— Ça l'est, dit-elle. Barney l'a toujours été, même mort. Tu seras bien payé.

Il se pencha en arrière et adopta une posture ouverte, concentrant son œil gauche sur l'œil droit de Shifty Kissick pour apaiser un peu la tension. Sa voix était modulée, grave et lente.

— Madame Kissick, dit-il. Je ne peux pas m'engager avant d'en savoir plus.

— Quoi, par exemple ?

— Ce qu'ont dit les flics. Pourquoi vous ne les croyez pas. Qui a tué votre fils selon vous.

Son silence produisit une rigidité qui resta suspendue en l'air. Elle parcourut la pièce du regard tel un animal sauvage acculé. Shifty approchait la soixantaine, avec de longs cheveux bruns. Deux mèches grises couraient sur ses tempes et convergeaient en arrière. Elle se pencha en avant, et Mick se prépara à une attaque soudaine. Au lieu de quoi, elle bondit sur ses pieds, agile comme une enfant.

— Dehors, dit-elle. Mason, tu restes ici.

Mick la suivit sur le porche. Ils s'assirent sur des chaises en bois face à la route et à la Taurus rouge de Mason. Elle alluma une cigarette et remonta l'ourlet de son jean pour faire un cendrier.

— T'en veux une ? dit-elle.

— Nan, j'ai arrêté. Mais ça me manque.

— C'est pas bon, dit-elle. Mais ça réconforte, des fois. Un peu comme Barney.

— Qu'est-ce qu'ont dit les flics ?

— Un deal qui a mal tourné.

— Peut-être que c'était ça.

— Non, pas en ville. Il était malin. Il faisait toutes ses affaires à la campagne.

— Une copine. Le mari d'une copine. L'ex de quelqu'un ?

— Il n'avait pas de régulière. Il voulait rien de compliqué. Il avait quelques copines qu'il allait voir. Toujours les mêmes. Ce n'était pas un coureur comme certains.

Une légère rougeur monta de son cou et se diffusa à son visage. Le sujet de l'intimité physique était gênant.

— Il vous en parlait ? dit Mick.

— Une fois. Il était saoul et il fumait un joint. Il s'est excusé de ne pas me donner de petits-enfants. Je lui ai dit que c'était pas grave, sa sœur a quatre enfants. Mais ça le tracassait. Mon aîné a une femme mexicaine en Californie. Pas d'enfants. Mason, il a eu une copine il y a cinq ou six ans, ça n'a pas duré un mois. Barney pensait que c'était à lui de transmettre le nom Kissick. Il voulait que je sache pourquoi il était célibataire.

— Qu'est-ce qu'il a dit ?

— Mon mari est mort jeune, et ça a été dur pour toute la famille. Barney ne voulait pas faire ça à sa femme et ses enfants. Il allait gagner son argent et raccrocher. Il aimait la lutte, le catch, ces trucs-là. Il parlait d'organiser des combats. Il aurait pu le faire. Ça lui allait bien.

Sa voix s'étrangla. Elle écrasa sa cigarette contre les lames grises du porche et en alluma une autre. Un merle qui tenait un bout de mousse brillante dans son bec se dirigea vers un vieux tas de bois dans le jardin. Il se posa sur l'écorce épaisse de pacanier, agita la tête comme pour vérifier s'il était surveillé, et s'avança dans l'espace entre deux bûches.

— Ils construisent un nouveau nid chaque année, dit Mick.

— Je sais. Je les ai vus nourrir les petits d'autres oiseaux. C'est des oiseaux généreux.

— Ce que j'aime, c'est qu'ils chantent toute l'année.

Ils observèrent le tas de bois quelques minutes. Un nuage passa devant le soleil, tel un voile de gaze. Mick se sentait bien, assis avec elle. Elle souffla de la fumée qui s'envola dans un courant d'air.

— Bon, dit-elle. Tu vas le faire ?

— Je sais que c'est dur, madame Kissick, et que vous êtes contrariée. Ce que je ne comprends pas, c'est pourquoi vous ne laissez pas la police s'en occuper ?

— Pour eux, Barney était un dealer qui a eu ce qu'il méritait.

— Vous en êtes sûre ?

— Oui. Un gars du département de police de Rocksalt est sorti avec ma fille il y a dix ans. Il m'a dit que l'enquête est toujours ouverte, mais qu'ils cherchent que dalle.

— Comment s'appelle le flic ?

— Non. Je suis pas une balance.

— Et Barney ?

Elle avança sa tête vers lui, avec un regard semblable à un vent implacable qui aplanissait tout sur son passage. Le soleil se reflétait dans ses yeux comme des étincelles de silex. Sa voix était rugueuse.

— Les balances qui veulent mener la danse finissent en ambulance.

Mick hocha la tête. Il garda le silence le temps qu'elle passe sa colère. Elle écrasa sa cigarette et en alluma une autre.

— Si vous voulez mon aide, dit Mick, je dois poser ce genre de questions.

Elle inspira longuement, expira, puis tira sur la cigarette.

— Ça veut dire que tu vas le faire ?

— Pourquoi moi ?

— Je fais pas confiance aux flics.

— Je suis un flic de l'armée, madame. Agent spécial du CID*.

* Division des enquêtes criminelles de l'armée.

— Je ne vois pas d'armée ici.

— Vous ne répondez pas à la question, dit-il. Pourquoi moi ?

— Je te fais un peu confiance, dit-elle d'une voix tranquille.

— Pourquoi ?

— Parce que tu t'en fiches.

Mick médita. Elle avait raison. Il se fichait de son fils ou des flics. Un meurtre dans les collines entraînait de nouveaux meurtres, et son seul souci était que les gens aient une chance de vivre, pas de mourir.

— Voilà ce qu'on va faire, dit-il. Je vais creuser un peu. S'il y a quelque chose de louche, je fouillerai plus. Mais sinon, j'arrête. Et je ne veux pas que vous vous mettiez en rogne. Vous comprenez ce que je veux dire ?

— Oui, je comprends. Je suis une putain de mère en deuil, pas une débile.

— Qui a fait le coup, à votre avis ?

— Je ne sais pas, dit-elle, la voix soudain distante. J'arrête pas d'y penser. Mais j'arrive pas à trouver qui ça peut être.

Mick se leva et lui adressa un signe de tête.

— Merci pour le café. Vous pouvez demander à Mason de me raccompagner chez moi ?

Elle appela son fils et désigna sa voiture. Mason remonta lentement l'allée en terre et gagna la route principale vers la ville. Les bourgeons florissant des arbres s'élevaient au-dessus du fossé, les chênes et les pacaniers encore en pleine floraison.

— Qui a tué Barney, à ton avis ? dit Mick.

— Qu'est-ce que maman a dit ?

— Qu'elle ne savait pas.

— Moi non plus.

Mick reconnut la loyauté tenace des collines. Une heure plus tard, ils avaient achevé les vingt-cinq kilomètres du périple jusqu'à Rocksalt, pendant lesquels Mason ne prononça pas un mot de plus. C'était un bon fils. Jamais il ne trahirait sa famille, ni ne prendrait une amende pour excès de vitesse.

5

Johnny Boy Tolliver était assis dans son bureau d'adjoint et admirait les contours de la pièce. Des armoires de classement vétustes recouvraient les murs. Elles contenaient des dossiers d'enquête qui remontaient jusqu'à soixante-dix ans, soigneusement rangés par année, puis par ordre alphabétique du nom de famille des victimes. Il les avait organisés en trois groupes – affaires en cours, récidivistes et meurtres non élucidés. Le dernier dossier était très mince, mais il le lisait une fois par mois en raison d'un intérêt personnel. Son cousin était dedans : Billy Rodale, assassiné vingt-cinq ans plus tôt, et personne n'avait été arrêté. Johnny Boy considérait ces dossiers comme une histoire du comté. Et lui était un documentaliste habilité à porter une arme de poing.

En tant qu'adjoint, il n'était pas tenu d'accrocher au mur un faux portrait à l'huile du gouverneur. À la place, il avait affiché une reproduction de la première carte du "Kentucke", datant de 1784, dont la frontière orientale incluait l'actuel comté d'Eldridge. Une étagère présentait une flopée de livres sur l'État. L'un d'entre eux décrivait en détail chaque emblème, devise et symbole qui avait été formellement adopté. Johnny Boy avait été abasourdi par certaines décisions, comme celle d'avoir choisi le lait comme boisson officielle de l'État. Ça aurait dû être l'Ale-8, l'unique soda originaire du Kentucky.

Son ordinateur avait quinze ans et il était lent et encombrant. Un petit câble le reliait à une imprimante qui décontenançait régulièrement Johnny Boy. Elle était comme une mule récalcitrante qui refusait de bouger pour des raisons qui lui étaient propres – la fatigue, l'ennui, voire une rébellion puérile. À côté, un téléphone à touches connectait sa ligne au shérif et à la nouvelle opératrice du central. Un seul élément personnel était posé sur son bureau, une photo encadrée qu'il avait prise avec son portable un an plus tôt. Elle représentait Linda en train d'arrêter son frère. Elle s'était retrouvée dans le journal du comté et dans le *Lexington Herald-Leader*. Il était fier de cette photo, bien que secrètement déçu qu'elle ne soit pas devenue virale.

Linda était au tribunal et la nouvelle opératrice en pause déjeuner, ce qui laissait Johnny Boy aux commandes, une situation qu'il appréciait. Il avait reçu un appel un peu plus tôt, au sujet d'une femme atteinte de démence sénile aperçue dans un champ en jachère. Il connaissait Mme Hayes, ses enfants adultes et ses petits-enfants, et même certains des arrière-petits. Régulièrement, elle se rendait à pied à la première maison où elle avait vécu avec son mari soixante ans auparavant. Johnny Boy était allé la chercher pour la raccompagner chez elle. Une adolescente avait ouvert la porte et déclaré : "Mamie sort de temps en temps. Comme un chat."

À présent, Johnny Boy était assis dans son bureau et réfléchissait au déjeuner. Le choix était restreint dans une ville de six mille habitants. Chinois, mexicain, pizza ou burger. Tout le monde vantait les mérites du nouveau Cracker Barrel sur l'Interstate, mais il trouvait les murs trop encombrés de babioles. Pire, la dernière femme avec qui il était sorti y travaillait. Cela faisait sept ans, mais il sentait toujours un pincement de déception quand il la voyait. Pas besoin de déprimer au déjeuner.

Il s'était décidé pour le Coffee Tree, une librairie qui vendait des sandwichs et de la laine. Par habitude, il vérifia sa corbeille, précaution inutile car il l'avait déjà vidée deux fois. Certaines journées passaient si lentement qu'il roulait des papiers en boule et les jetait exprès pour avoir à sortir les poubelles.

Le shérif Hardin entra par la porte principale, aussi pressée qu'à l'accoutumée, ses chaussures martelant la moquette élimée. Elle alla dans son bureau, et il se planta à la porte.

— C'était comment au tribunal ? dit-il.

— Trois mois de prison, moins la préventive. Il est dehors.

— Le fabricant de meth ? C'est pas normal.

— Trois choses en sa faveur. Son labo de meth était un van garé dans les bois. Il a explosé, et ils n'ont pas pu prouver que c'était le sien. Ensuite, il n'avait rien sur lui lors de son arrestation.

— Et la troisième chose ?

— C'est un Ryan du côté de sa mère. La loi n'est pas la même selon les familles.

— Ces Ryan sont tellement guindés qu'ils pourraient se noyer dans une averse.

Elle ne réagit pas à sa blague, et il comprit que son niveau d'irritabilité avait atteint des sommets. Il la briefa rapidement sur le coup de fil du matin concernant Mme Hayes. Linda grogna en parcourant les papiers.

— J'ai une mission pour toi, dit-elle.

— Je m'apprêtais justement à aller déjeuner.

— Ben, tu peux manger en route. Il faut que tu conduises Mick à la vieille cabane de Papaw. Il veut son pick-up.

— Ça n'a pas l'air très officiel, ça.

— Ça ne l'est pas, mais je te laisse prendre le 4 x 4. Il est chez moi. Vous pouvez manger tous les deux en route.

— C'est un ordre ?

— Non, bon sang, c'est un service. Moi, il faut que je m'occupe de la campagne.

— Je crois pas que Mick m'apprécie beaucoup.

— Il apprécie pas grand monde.

Elle lui lança les clés. Il les attrapa avec la grâce d'un athlète et les fit tinter, le visage radieux.

— Tu fais gaffe, dit-elle.

Dans le parking, Johnny Boy croisa l'opératrice qui rentrait de son déjeuner. Sandra Caldwell était une brune dans les trente-cinq ans, intelligente et organisée. Elle sortait d'une rupture et Johnny Boy nourrissait le fervent espoir qu'elle s'intéresse à lui. Ça serait une de ces idylles de bureau gardées secrètes jusqu'à l'annonce du mariage, et tout le monde serait content pour eux.

Sandra lui adressa un signe de tête sans ralentir avant d'entrer dans le bureau. Il la regarda passer en se disant qu'il devait trouver un moyen d'engager la conversation avec elle au-delà des échanges professionnels.

Johnny Boy parcourut la ville deux fois au ralenti, suivant le chemin qu'empruntaient les adolescents le vendredi soir. Comme à l'ordinaire, le trottoir était quasiment désert, à l'exception de deux vieux assis sur un banc. L'un semblait endormi et l'autre était aveugle. Johnny Boy les salua quand même d'un geste, un mouvement bref qui convenait à son statut de conducteur du véhicule officiel. Il roula jusqu'à chez Linda et klaxonna deux fois. Mick sortit par la porte latérale et traversa l'auvent jusqu'à la portière passager.

— J'ai entendu que t'étais rentré, dit Johnny Boy. Désolé pour ta blessure.

— Ça se remet.

— On va où ?

— À l'est sur l'Old Sixty.

— Ça t'embête si on s'arrête manger un bout ? Peut-être au drive ?

Mick hocha la tête et garda le silence tandis qu'ils traversaient la ville et passaient commande au fast-food. Johnny Boy mangea d'une main tout en s'enfonçant dans les collines. Mick sembla se détendre une fois qu'ils eurent laissé Rocksalt derrière eux, contemplant à travers la vitre le vert pâle joyeux des bourgeons. De temps à autre, un cardinal fendait l'air telle une traînée de sang.

— J'ai appris une chose l'autre jour, dit Johnny Boy. Et ça me turlupine. La roche officielle de l'État du Kentucky est l'agate. Et le minéral officiel est le charbon. Mais le truc, c'est que le charbon n'est pas un minéral, c'est une roche. Et l'agate est un minéral, pas une roche. Ils ont tout compris de travers. Qu'est-ce qui s'est passé ?

— Prends à droite au niveau de Bearskin Holler.

Légèrement vexé d'avoir été ignoré, Johnny Boy bifurqua sur une étroite piste goudronnée où des trous dans le revêtement laissaient entrevoir la terre. Le comté l'avait goudronnée une fois avec le moins d'asphalte possible, histoire d'engranger des votes à moindres frais. À en juger par l'état de la route, Johnny Boy estima que ça devait remonter à au moins deux élections. Il esquiva des nids-de-poule où poussaient de hautes herbes. La route grimpa graduellement vers une forêt plus dense. Des branches d'érable s'emmêlaient et laissaient filtrer le soleil dans un kaléidoscope de lumière mouvante. Le bitume laissa place à de la terre, puis à une paire d'ornières. Johnny Boy arrêta le 4 x 4.

— Tu es sûr que c'est par là ? dit-il.

— À pied à partir d'ici. Un petit kilomètre.

— Ta jambe, ça va aller ?

Mick quitta le 4 x 4 et commença à marcher. Johnny Boy descendit, verrouilla le véhicule, vérifia qu'il avait bien fermé et se hâta vers le haut de la colline. Une corneille lança un avertissement. Deux mésanges interrompirent leur conversation. Johnny Boy entendait ses bottes sur la terre tassée, mais pas celles de Mick, ce qui le déconcerta. Peut-être que sa mauvaise jambe lui permettait de marcher en silence.

Au sommet de la colline, les ornières redevenaient une route, envahie par la fétuque, l'asclépiade et les fleurs tombantes des physalis. La forêt s'ouvrait sur une zone dégagée, entourée d'une paroi d'arbres. Johnny Boy n'était encore jamais monté jusque-là, mais Linda lui en avait parlé : la cabane centenaire où Mick avait grandi. La structure originelle avait été construite en rondins colmatés avec de la glaise, remplacée par des rangées de ciment. Elle avait deux extensions qui formaient comme des ailes. Le tuyau d'un poêle à bois s'élevait au-dessus du toit, et une unique gouttière descendait dans une citerne. Derrière, un vieux fumoir penchait en arrière, comme si la gravité le ramenait vers la colline.

Un pick-up des années 1960 était garé devant la cabane. Les quatre pneus étaient à plat. Le poids du moteur avait tellement forcé sur les roues avant que la gomme s'était fendue. Des brindilles et de l'herbe morte jaillissaient d'une fissure dans le pneu où de petits animaux s'étaient ménagé un terrier, probablement des mulots. Mick ouvrit le pick-up et essaya le moteur. Rien, pas même un cliquetis régulier. Le moral de Johnny Boy flancha quand il comprit qu'il allait devoir jouer les chauffeurs pour Mick. Il espérait que quelqu'un commettrait un crime dans le comté – et vite.

Mick fit le tour de la cabane comme s'il était en reconnaissance, évoluant aussi silencieusement que pendant leur marche. Johnny Boy se promit de l'interroger sur cette technique, puis il le suivit dans la cabane. C'était un capharnaüm de canettes de bière vides, de mégots de cigarettes, de verre et de vaisselle brisés. Des sacs de fast-food vides gisaient dans un coin comme s'ils avaient été charriés par le vent. Des livres étaient éparpillés par terre. Le spectacle rappela à Johnny Boy les lendemains des soirées étudiantes, les reliquats de l'intempérance de jeunes hommes. Mick inspecta chaque pièce, puis il ramassa un paquet de feuilles à rouler.

— Quelqu'un a fait la fête ici, dit Johnny Boy. C'était fermé à clé ?

— Jamais. Papaw ne croyait pas aux serrures.

— Tu veux que je t'aide à faire un peu de ménage ?

Mick accepta d'un signe de tête, l'air vaguement surpris par cette proposition. Johnny Boy était lui-même surpris, mais c'était ce qu'exigeait la situation. Ils travaillèrent une heure, remplissant trois grands sacs-poubelles et un carton destiné à l'origine à douze bouteilles de bourbon.

— C'est marrant, dit Johnny Boy, je vois pas de bouteilles vides.

— Elles sont dans les bois. C'était moi, l'année dernière.

— Je savais pas que tu buvais.

— Je bois pas. Mais quand je le fais, je me rattrape.

Johnny Boy fronça les sourcils, méditant sur cette dernière phrase. Il était difficile d'imaginer Mick saoul. Il valait sans doute mieux qu'il boive seul ici.

— J'ai jamais aimé les bars, dit Johnny Boy. Trop de lumière, trop de bruit et trop de gens. Ça m'angoisse et ça me donne envie de boire plus. Le pire, c'est tous les ivrognes qu'essaient de te parler.

Mick hocha la tête. Ils sortirent et se plantèrent dans ce qui tenait lieu de jardin. C'était un joli coin, paisible, en plein soleil. Les oiseaux chanteurs avaient repris du service, sans plus se préoccuper de la présence des humains.

— Aucune trace de pneus, dit Johnny Boy. S'ils sont venus à pied, ça devait être des gamins du lycée.

— Bien observé.

L'espace d'un instant, Johnny Boy se gonfla d'orgueil devant ce compliment somme toute banal, puis il se souvint que c'était son travail, après tout.

— Tu n'as pas l'air trop embêté, pour la cabane, dit-il.

— Elle attendait que ça. Les jeunes gars rentrent dans tout ce qu'est pas fermé à double tour. Je peux pas leur en vouloir. Me fâcher, ce serait comme deux puces qui se disputent pour savoir à qui appartient le chien, comme disait mon Papaw.

— Mon cousin peut retaper ton pick-up. Si quelqu'un dormait ici, ça tiendrait les jeunes à l'écart.

— Faudrait que je le rencontre, d'abord.

Ils retournèrent au 4 x 4. Johnny Boy fit marche arrière sur un kilomètre, appréciant la caméra de recul jusqu'à ce qu'un virage le prenne par surprise et qu'il se trouve à deux doigts d'arracher un nerprun. Au premier accotement large, il effectua un demi-tour en trois temps et se dirigea vers le bitume. Il roula plein ouest sur la grand-route vers la maison de son cousin.

— T'es au courant pour Fuckin' Barney ? dit Mick.

— Quelqu'un l'a tué.

— Tu trouves qu'il y a quelque chose de louche ?

Johnny Boy était flatté qu'on lui demande son opinion. Si Mick posait la question, c'était sans doute qu'il estimait que quelque chose clochait, et Johnny Boy se creusa le cerveau, essayant de comprendre où il voulait en venir. Trois kilomètres plus loin, ça le frappa comme une pelletée de gravier.

— Il a pris trois balles, dit Johnny Boy. En pleine ville. Personne n'a entendu les coups de feu.

— Qu'est-ce que ça t'apprend ?

— Qu'ils ont utilisé un silencieux.

— Ou bien que le corps a été déplacé, dit Mick. Tu pourrais te procurer le rapport de police, par hasard ? Je sais que c'est hors de votre zone de compétence.

— Je l'ai déjà, figure-toi. Il est au bureau.

— Ils te l'ont donné ?

— J'en ai eu une copie par un copain. J'aime garder mes dossiers à jour.

Mick hocha la tête. Le soleil de printemps imprégnait l'air d'une lumière douce. Ils passèrent devant un taillis de saules à chatons, les bourgeons argentés déjà ouverts.

— À mon avis, dit Mick, un politicien avait un peu d'agate sur son terrain. Il s'est dit que si ça devenait la roche officielle, ça lui rapporterait un peu d'argent.

— Hmmm.

— Le mot "mine" signifie tunnel. Il faut creuser pour trouver des minéraux. Quand ils ont commencé à extraire du charbon avec un tunnel, ils ont décrété que le charbon était un minéral.

— Comment tu sais tout ça ?

— T'es pas le seul à lire des livres dans ces collines.

Johnny Boy sourit, content de lui. Il marquait enfin des points avec le frère taciturne de sa patronne.

6

JACKY Turner marmonnait dans sa barbe, une habitude tenace à en croire sa mère, tout en s'affairant dans une petite remise. De larges étagères ployaient sous le poids de cartons dont l'étiquette annonçait le contenu – engrenages, carapaces de tortues, oiseaux momifiés, bons métaux, fils courts, débris flottants, débris échoués, fer-blanc. Sous l'étagère, on trouvait un établi et des boîtes de vis, chacune assortie de l'écrou correspondant. Jacky aimait s'organiser. Ça l'aidait à focaliser ses mains quand il planchait sur ses inventions. Il avait toujours réfléchi de manière créative, résolvant des problèmes simples, mais pour l'instant aucune de ses idées n'avait trouvé preneur. Récemment, il avait développé un rasoir à lame courte. Il était destiné aux hommes qui devaient se raser autour de boutons d'acné, également utile pour tailler une moustache sophistiquée. Un de ses prototypes incluait un petit miroir permettant de voir ses favoris afin de les égaliser.

Ses trouvailles visaient à rendre le monde meilleur, mais le monde n'était pas intéressé – pas encore. Une brouette qui ne se renversait jamais. Un souffleur à feuilles qui ne faisait pas de bruit. Un accessoire pour chignole permettant à la vis de toujours rester droite. L'idée de son projet actuel lui était venue un jour où il passait devant un centre de fitness, le premier de Rocksalt. Jacky avait arrêté sa voiture, fait marche arrière, et observé l'intérieur une heure durant. Huit personnes pédalaient sur des vélos qui n'allaient nulle part. Toute cette énergie cinétique gâchée au nom de la santé.

Depuis lors, il travaillait à un moyen d'exploiter cette énergie, de la convertir en électricité et de la stocker dans des batteries. Ce serait pratique à l'avenir, quand le réseau électrique serait en panne et que rien ne fonctionnerait. Les gens pourraient faire du vélo pour générer leur propre électricité.

Il quitta la remise pour la maison et fouilla dans son espace de stockage – le salon, la chambre et la moitié du cellier – en quête d'une ampoule à faible consommation. Son père était cloué au lit avec un emphysème et sa mère regardait la télévision. Ses programmes favoris étaient les jeux consistant à humilier les participants, un penchant que Jacky n'avait jamais compris. Elle passait le plus clair de son temps à s'occuper de son mari, ce qui laissait à Jacky les rênes de la maison. Elle avait depuis longtemps accepté son habitude d'accumuler tout un tas de gadgets dans sa chambre. Après la maladie de son mari, elle avait été trop occupée pour remarquer la transformation de sa maison en un vaste entrepôt d'objets potentiellement précieux. Ces derniers temps, cependant, elle le tannait pour qu'il s'en débarrasse – ou bien qu'il déménage.

Il trouva une ampoule sept watts, la sortit et la fixa dans une petite boîte en bois avec un couvercle. L'intérieur était peint en noir. Il y avait un petit trou sur le côté, sur lequel il avait collé du scotch rouge transparent. Un fil électrique 110 volts partait de la boîte vers une bobine qu'il avait fixée à un vélo d'appartement. Il lança un chronomètre et se mit à pédaler, tout en vérifiant si le scotch brillait. Il savait qu'il faudrait un moment pour accumuler assez d'énergie, et il accéléra la cadence, déterminé à ne pas regarder la boîte pour ne pas se porter la poisse. C'était pénible et répétitif. Son pantalon était trop serré. Il ralentit le mouvement de ses jambes et déboutonna son jean, puis il ouvrit la braguette. C'était un peu plus facile.

Jacky en fut quitte pour une bonne suée avec l'impression que ses vêtements nageaient sur son corps. Ses lunettes à monture noire étaient maintenues en place par un lacet. Il entendit un bruit de moteur, puis il vit une voiture de police s'arrêter devant le jardin. Son cousin en émergea avec un inconnu.

— Salut cousin, dit Johnny Boy. T'as une minute ?

Jacky fit non de la tête. Le mouvement fit goutter la sueur dans ses yeux, et il commença à cligner des paupières, incapable de voir la boîte noire.

— Est-ce que le trou rouge est éclairé ? demanda-t-il.

— Quoi ? fit Johnny Boy.

— Sur la boîte noire. Dis-moi si le scotch est éclairé.

Johnny Boy suivit le fil jusqu'à la petite boîte, surpris de voir un bout de scotch plus brillant que la normale, comme s'il était illuminé de l'intérieur.

— Oui, dit-il.

Satisfait, Jacky leva ses pieds des pédales et arrêta le chronomètre. Onze minutes. Il essuya la sueur de ses yeux, descendit de vélo et se pencha par-dessus la boîte. Il mit le compteur à zéro et observa le scotch.

— J'ai quelqu'un avec moi qu'a une proposition à te faire, dit Johnny Boy.

Le scotch perdait peu à peu sa brillance. Jacky s'approcha, concentré. Quand le rouge revint à sa teinte d'origine, il arrêta le chronomètre. Il se redressa et son pantalon déboutonné glissa sur ses hanches. Il le retint, mais ses sous-vêtements avaient été visibles un instant, et il jeta un regard à la maison en espérant que sa mère n'avait rien vu.

— Il te faut une ceinture, cousin, dit Johnny Boy.

— Onze minutes de travail pour quarante secondes de lumière. C'est pas assez bien.

Il rajusta son pantalon, fourra le chronomètre dans sa poche et s'essuya le visage avec un pan de chemise.

— Tu produis ta propre électricité ? dit Mick.

— Ouaip.

— En diminuant le braquet, tu pourrais en tirer plus d'énergie. Comme ces dix vitesses qui grimpent les collines. En Europe, ils ont des vélos à vingt-sept vitesses.

— Hmm. Ils doivent utiliser une transmission à neuf pignons et trois plateaux.

— Exact, dit Mick. Ils organisent des courses, là-bas. Leurs collines sont plus hautes que les nôtres.

— Je pourrais essayer, dit Jack. Là, tout de suite, j'ai un problème de stockage.

— Utilise un volant d'inertie.

— Trop lourd. Je pensais à de l'hydro. Jouer sur l'énergie potentielle gravitationnelle.

La porte moustiquaire s'ouvrit à la volée sur le porche, et la mère de Jacky salua Johnny Boy d'un geste.

— Viens dire bonjour à ton oncle, dit-elle. Vu que son propre fils ne se donne même pas cette peine.

Johnny Boy marcha vers la maison.

— Tu t'y connais en mécanique ? demanda Mick à Jacky.

— Je peux démonter n'importe quoi et l'améliorer. Quand j'en ai eu marre de faire ça, j'ai lancé mes propres projets. Là, je bosse sur le stockage d'électricité. Ces vieilles collines sont pas adaptées aux panneaux solaires.

Mick hocha la tête. Malgré le soleil éclatant, les bois des versants ouest étaient plongés dans l'ombre. Bon pour les chênes et les pacaniers, le ginseng et les morilles, mais pas pour capter l'énergie solaire.

Jacky écarta sa chemise de son corps et frissonna à mesure que sa sueur refroidissait.

— Sur quoi d'autre tu travailles ? dit Mick.

— Deux trois bricoles. Un manteau qui rend invisible, par exemple. L'arrière a une caméra. Le devant a un écran. Il diffuse ce qu'il y a derrière toi. Si on te voit venir, on croit que t'es pas là.

— Mais pour la tête ? Les gens la verraient flotter.

— C'est le problème, ouais, dit Jacky. Au Canada, ils ont fabriqué une cape d'invisibilité pour l'armée.

— Ils ont pas d'armée.

— Peut-être que si, et que la cape fonctionne.

Mick éclata de rire.

— Je ne plaisante pas, dit Jacky. Ils pourraient avoir une phalange de chars planqués à la frontière derrière leur cape, qui attendent juste leur chance.

— Pourquoi le Canada nous attaquerait ?

— Les Grands Lacs, mon gars. L'eau va s'assécher partout ailleurs.

— Hmm-hmm, dit Mick. Sur quoi d'autre tu travailles ?

— Le mouvement perpétuel. Mais c'est dur. Je me fais avoir par la friction à chaque fois.
— T'as un prototype ?
— Je laisse personne le voir. On pourrait me le voler.
— Si tu le montres à personne, comment t'auras des investisseurs ?
— T'es un investisseur, mon pote ?
— Non, je suis en congé médical de l'armée. Mais j'ai vu un modèle de la machine de mouvement perpétuel de Léonard de Vinci en Italie.
— Celle avec des billes ?
— Ouais, au musée Galilée. Elle pouvait fonctionner longtemps, mais lui aussi s'est coltiné le problème de la friction.
— Avec le temps, c'est pareil pour tout le monde. La gravité, c'est encore pire. C'est pour ça que les vieux se ratatinent. La gravité et la friction nous tueront tous.
— Et si tu me faisais voir ta machine ? dit Mick. Je te donne ma parole que je volerai pas ton idée.
— Pas de photo non plus.

Mick acquiesça et suivit Jacky dans une remise qui paraissait délabrée de l'extérieur mais qui avait été aménagée en un atelier étonnamment propre et lumineux. Banc de scie, support pour perceuse, fraiseuse, tours à bois et à métal, deux ponceuses. Un établi contenait des outils électriques et un étau. Des rangées d'outils étaient suspendues au mur, chacun avec son contour délimité au marqueur afin de faciliter son rangement après usage. Un aspirateur d'atelier sur roues était calé dans un coin.

Jacky désigna fièrement une petite maquette d'escaliers en bois entrecroisés avec une manivelle dépassant sur le côté. Sur une des marches au milieu se trouvait un ressort magique ondamania. Jacky actionna le ressort en inclinant le haut pour le faire tomber vers la marche suivante. Avec son autre main, il commença à tourner la manivelle, qui fit remonter la marche. C'était comme un escalator miniature. Jacky tournait la manivelle à la même vitesse que le ressort, ce qui le maintenait en mouvement, mais sans jamais qu'il descende. Ce spectacle emplit Mick d'une joie comme il n'en avait pas éprouvé depuis des mois – une machine qui ne faisait rien d'autre que procurer du ravissement. Le son métallique du ressort se mêlait au grincement des marches en bois pour créer une forme de musique.

— C'est la deuxième version, dit Jacky. J'ai essayé une roue à aubes sur un ruisseau, mais le tirant d'eau n'était pas régulier.

— Tu es un inventeur, dit Mick, ou un artiste ?

— Je sais pas. C'est quoi la différence ?

Mick haussa les épaules et demanda s'il pouvait tourner la manivelle.

Quelques minutes plus tard, Johnny Boy entra, accablé par l'état de son oncle. Jadis un solide gaillard, Oncle Billy n'était plus qu'un pâle sac d'os sous les couvertures. Sa respiration était laborieuse et s'achevait souvent par une toux prolongée qui effrayait Johnny Boy, comme si son oncle pouvait éjecter une partie de ses poumons abîmés. Il avait travaillé dans une mine de charbon pendant vingt ans mais n'avait pas droit aux allocations fédérales pour l'anthracose. Une nouvelle loi faisait du Kentucky le seul État empêchant les spécialistes d'étudier les radios de poumons endommagés. Ce qui bénéficiait aux entreprises du secteur, mais pas aux ouvriers malades.

Johnny Boy était resté peu de temps dans la chambre de son oncle et culpabilisait d'être parti. Le spectacle de Mick en train de jouer avec un ressort magique était aussi choquant que celui de son oncle agonisant. Mick cessa d'actionner la manivelle. Le ressort descendit jusqu'en bas des marches, tomba par terre, et avança encore un peu sur le ciment jusqu'à perdre son élan. Ils l'observèrent tous, puis se regardèrent mutuellement.

— Tu es doué en vieilles voitures ? dit Mick à Jacky.

— Simple comme bonjour. Plus c'est vieux, plus c'est facile.

— Un pick-up Chevy stepside de 1963, par exemple ?

— Si tu me dis "stepside", je sais que c'est un pick-up.

Mick approuva.

— Y a quoi dedans ? dit Jacky.

— Cent quarante chevaux. Le modèle 230. Il me le faut en état de marche.

— Tu paies combien ?

— Johnny Boy, dit Mick. Ils prennent combien, les mécanos, ici ?

— Douze et quelques de l'heure, c'est ce que je paie.

Mick regarda Jacky et attendit.

— Nan, dit Jacky. Je suis pas comme les autres.

— Vingt dollars de l'heure, dit Mick. Pas plus.

— Il est de quelle couleur ?

— Le classique, bleu avec un toit blanc.

— Bon, d'accord, dit Jacky. S'il est bleu, ça me va.

— Juste un truc, dit Johnny Boy. Faut que tu restes dormir chez lui. Histoire de garder un œil sur la cabane.

— Ça, je sais pas trop, dit Jacky. Tous mes outils et mon matos sont ici.

— Voilà ce que je propose, dit Mick. On va trouver quelqu'un pour te monter ce dont tu auras besoin. Tu pourras toujours venir chercher du matos.

— Ma foi, dit Jacky, je dirais pas non à un peu de temps tranquille pour mes inventions. C'est loin d'ici ?

— Environ trente-cinq minutes.

— Tu veux que je m'y mette quand ?

— Dès que j'aurai dégagé la route. Elle est un peu envahie.

— Loue-moi un mini-bulldozer et je te le fais.

— Tu sais les conduire ?

— Des mecs plus bêtes que moi font ça tous les jours.

Mick et Jacky se serrèrent la main et s'adressèrent un bref signe de tête. Dans les collines, un tel accord valait jusqu'à ce que le travail soit fait. Ils quittèrent l'atelier, et Jacky les raccompagna au 4 x 4 officiel. Il était songeur, comme s'il cataloguait déjà les éléments qu'il devrait transporter à la cabane.

— Hé, cousin, fit Johnny Boy. Ils disent quoi les médecins, sur ton père ?

— Rien de bon.

— Désolé d'entendre ça. Ça t'arrive de penser à inventer quelque chose qui rapporte de l'argent ?

— Genre quoi ?

— Genre le Big Mouth Billy Bass. Tu te souviens ?

— Le faux poisson qui tourne la tête et qui chante *Take Me to the River*. Au bout de dix minutes, plus personne ne l'aimait.

— Ils ont gagné cent millions de dollars en un an. J'ai lu un article dessus sur Internet.

— Non merci. Tu peux te garder ton Internet. Et tes idées aussi.

— Johnny Boy, dit Mick. Je peux utiliser ton téléphone ? Il faut que j'appelle les gars du mini-bulldozer.

— Il est où, le tien ? dit Johnny Boy.

— Chez Linda.

— Plein de gens l'emportent avec eux, tu sais.

— Hmm.

— Moi, j'en ai pas, dit Jacky. Ça donne des cancers du cerveau.

Johnny Boy passa son téléphone à Mick, puis il s'assit dans le 4 x 4, écœuré par toute cette situation. Son cousin était un fêlé notoire, et Mick s'était acoquiné avec lui. Johnny Boy aimait bien le Big Mouth Billy Bass. Il en avait eu trois.

Mick le rejoignit et ils rentrèrent à Rocksalt. Johnny Boy était tellement irrité qu'il oublia de saluer de la main les conducteurs qui venaient en face.

— Pourquoi tu lui as proposé vingt dollars de l'heure ? dit-il.

— Je crois que ton cousin est une sorte de génie.

— À cause d'un ressort magique et de trois pauvres planches ? Ce truc fait que dalle.

— Peut-être que c'est toute l'idée.

7

LINDA gara sa Camry devant une maison sans voisins immédiats et klaxonna deux fois. Trois planches enfoncées dans la boue formaient un chemin depuis la route jusqu'à la maison. Elle vérifia le nom du propriétaire des lieux sur sa liste de contribuables et klaxonna de nouveau. Les rideaux s'agitèrent. La porte d'entrée s'ouvrit discrètement, et un homme s'avança sur le porche. Il avait le haut du corps solidement bâti et des jambes courtes et filiformes qui s'achevaient sur des chaussures de chantier aux lacets défaits. Linda s'approcha de la maison en restant sur les planches.

— Bonjour monsieur Campbell, dit-elle. Je suis Linda Hardin. Je suis candidate au poste de shérif.

— Vous êtes pas déjà shérif?

— Si, mais là je ne suis pas en service. C'est pour ça que je suis venue avec mon véhicule personnel. L'élection est dans une semaine, et j'espère que vous voterez pour moi.

— Pourquoi?

— J'ai de l'expérience. J'ai vécu ici toute ma vie. Je comprends ce que veulent les gens et comment apaiser les tensions.

— Ce que veulent les gens, dit M. Campbell, c'est éviter la prison.

— Le bureau du shérif n'a pas de prison. C'est celle du comté, à Rocksalt.

— C'est pareil, non ?

— Oui et non. La police municipale et le juge enferment des gens. Moi, je m'occupe principalement de régler des différends sur le terrain, dans le comté.

— Je m'entends avec tout le monde.

— Heureuse de l'apprendre, dit-elle. Mais on ne sait jamais ce qui peut arriver. Un visiteur inopportun. Une meute de chiens. Un voisin qui a un labo de meth. Même un désaccord sur une clôture. C'est là que je peux vous aider.

— Qu'est-ce que j'y gagne ?

— Une personne équitable qui écoute ce que vous avez à dire.

Elle fouilla dans sa poche pour en extraire une brochure qui incluait un magnet pour frigo et une petite carte listant ses références et ses états de service. Il l'étudia.

— C'est pas vous qu'avez arrêté votre propre frère ? dit-il.

— Si, monsieur. Il était déserteur de l'armée de Terre. Je l'ai renvoyé sous mandat fédéral.

— Pourquoi vous avez fait ça ?

— C'est la loi, monsieur Campbell. Une chose sur laquelle vous pouvez compter, c'est que je serai toujours impartiale avec tout le monde.

Il observa la voiture de Linda, puis une hirondelle noire qui volait vers une calebasse creuse suspendue à une branche. Linda suivit son regard vers la calebasse, qui oscillait sous le poids de l'oiseau.

— C'est vrai qu'elles mangent les moustiques ? dit-elle.

— Bien sûr. D'autres insectes, aussi.

— C'est vous qui faites pousser les calebasses ?

— Ouais, j'ai un potager derrière. J'ai des butternuts plus grosses qu'un porcelet.

Ils se tournèrent vers l'emplacement du potager comme s'ils pouvaient voir à travers la maison. Linda se demanda quelle taille faisait un porcelet.

— Ma femme, dit l'homme, elle a un neveu que je voudrais pas voir finir en prison.

— Il a fait quelque chose qui vous inquiète ?

— Possible.

— Vous avez peur de lui ? dit-elle.

— Nan, c'est pas ça. La sœur de ma femme a un syndrome du canal carpien à cause de l'atelier de confection de West Liberty. Peut plus travailler. Peut même plus désherber son potager. Elle aime regarder la télé, mais les programmes l'ennuient à mourir. Son garçon, il l'a raccordée au câble en douce. C'est pas la panacée, mais c'est la seule chose qui la rende heureuse. Je veux pas que les flics le forcent à arrêter. Parce que sinon, elle va rappliquer ici et embêter ma femme.

— Votre neveu, il vous a raccordé aussi ?

— Non, j'ai horreur de la télé. Des gens idiots font des choses idiotes, et tout le monde trouve ça drôle ou prend ça très au sérieux.

— Pas même le sport ?

— Si un match des Reds passe en clair, j'éteins le volume et j'écoute la radio. Les gars de la radio sont bien meilleurs que ceux de la télé.

— On faisait ça avec ma mère. Elle tenait l'habitude de son père.

— Ma foi, dit-il. C'est pas une mauvaise solution.

— Si vous avez pas le câble gratuit, dit-elle, c'est pas mes affaires. Si quelqu'un se plaint de votre belle-sœur, je m'en occuperai. Votre neveu n'ira pas en prison.

— Vous promettez ?

— Tant qu'il fait rien d'autre, oui.

— Hum, dit-il. Bon.

— J'ai remarqué que vous n'aviez pas de pancarte dans votre jardin. Ça vous embêterait si je plantais la mienne ?

— Une affiche électorale sur un piquet ?

— Oui. Deux piquets, pour être exacte.

— Dans l'herbe là-bas, ça peut le faire.

— Merci.

Il se tourna pour rentrer dans sa maison et Linda regagna sa voiture. Elle récupéra dans le coffre une affiche en vinyle sur deux tiges métalliques, qu'elle enfonça dans la terre meuble avec un marteau. Elle avait encore dix maisons à visiter aujourd'hui, mais celle-ci était la plus importante. Grady Campbell était l'aîné de la deuxième génération de la famille, ce qui lui conférait le plus d'influence. Linda avait déjà parlé à sa mère et l'avait ralliée à sa cause après une heure à écouter ses bavardages et ses ragots. Les Campbell représentaient quarante-huit électeurs en âge de voter, et elle les voulait tous. Le fait que le raccordement frauduleux au câble soit un délit fédéral qui échappait à la zone de compétence du shérif permettait de couvrir son pieux mensonge.

Deux heures plus tard, Linda avait installé le reste de ses pancartes, gagné onze votes supplémentaires et était de retour en ville. Au bureau du shérif, elle fut satisfaite de voir son 4 x 4 garé à l'emplacement réservé. Elle l'inspecta et ne trouva aucune égratignure. Elle espérait que Johnny Boy avait pensé à reculer le siège. Bien que plus grand qu'elle, il aimait conduire courbé sur le volant pour maximiser sa vigilance.

Sandra était installée à son bureau, concentrée sur son ordinateur. Elle leva brièvement les yeux et lui indiqua d'un geste qu'aucun appel ne nécessitait d'intervention. Mick se tenait dans la pièce exiguë qui servait de bureau à Johnny Boy, en train de consulter une pile de documents.

— T'as gagné des votes ? dit Johnny Boy.

— Entre cinquante et soixante, dit Linda.

— Ça va dépendre de la météo.

— Je vais peut-être les accompagner jusqu'au bureau de vote. Louer un van pour la journée. Trouver un chauffeur.

— Si tu fais ça, ils voudront s'arrêter faire les boutiques.

— Toujours au service des gens, dit Linda. Vous regardez quoi ?

— Un dossier des municipaux, dit Johnny Boy. Le meurtre de Fuckin' Barney. J'ai fait une copie pour Mick.

Le visage de Linda s'assombrit comme si on avait tiré un rideau occultant. Elle fixa son frère, lui fit signe de la suivre dans son bureau et sortit. Mick la suivit avec les papiers, froissés à cause d'un bourrage de l'imprimante. Il aimait le bureau de sa sœur. Son côté ordonné lui rappelait l'armée. Celui de Johnny Boy était rangé avec la raideur d'un jean neuf, sa méticulosité ayant basculé dans la réorganisation compulsive.

— J'ai vu la photo sur le bureau de Johnny Boy, dit Mick.

— Celle où je t'arrête ?

— Ouais, il l'a retournée, mais il est aussi adroit qu'un chiot aveugle.

— Elle était dans le journal de Lexington, d'Ashland, et du comté de Carter, aussi. Le truc, grand frère, c'est qu'elle m'aide à obtenir des votes.

Elle s'installa à son bureau et il prit le fauteuil visiteur. Il s'était assis des centaines de fois de cette manière face à ses supérieurs. Le fait d'être devant sa sœur ne faisait aucune différence. Il était fier d'elle, même s'il ne le lui dirait jamais.

— Je suis crevée, dit-elle. Faire campagne, c'est pas mon fort. T'as marché, aujourd'hui ?

— Onze bornes.

— Qu'est-ce que tu fais avec ce dossier ?

— La mère de Fuckin' Barney m'a demandé d'y jeter un œil. Elle n'est pas convaincue par la version des flics.

— Toi et cette famille, dit-elle. Je comprends pas.

— Mme Kissick est sortie avec papa à l'époque.

— Ça change que dalle.

— Si je peux l'aider, je le ferai.

— T'as pas assez à t'occuper de toi-même ?

— L'un n'empêche pas l'autre. Fuckin' Barney a été abattu comme un chien. Le type pourrait tuer quelqu'un d'autre. Ça ne s'arrête jamais à un. Si je peux stopper ça, je le ferai. J'ai vu assez de gens mourir pour une vie entière.

Elle s'enfonça dans son fauteuil pivotant et contempla le plafond. Son frère ne parlait jamais de son expérience de soldat, mais elle savait que ça avait été rude. Probablement inimaginable. Bien que capable de violence, il était toujours empreint d'une compassion qui la surprenait. Il ne tuait même pas les insectes, refusait d'empoisonner les fourmis. Sa méthode était de déterrer deux grosses fourmilières, puis de jeter la terre de la première sur la deuxième, et vice-versa. Les fourmis réglaient l'affaire entre elles et les survivantes partaient ailleurs. Aider la famille Kissick le maintiendrait en mouvement et donnerait à Linda du temps seule chez elle.

— Tu vas mener l'enquête ? dit-elle.

— Autant que possible. J'ai encore un peu de temps.

— T'as trouvé quelque chose dans le rapport ?

— Pas grand-chose. Les photos de la scène de crime montrent des sachets d'héroïne par terre à côté de lui. Les flics parlent d'un deal qui a mal tourné. Mais un client aurait pris les sachets.

— Donc tu es suspicieux ?

— Curieux.

— T'avise pas d'importuner les gens, dit-elle. J'ai une élection à gagner.

— Quelqu'un a déjà été sérieusement importuné.

— Qui donc ?

— Mme Kissick.

Linda absorba sa réponse avec une combinaison de mouvements caractéristiques – fermer les yeux trois secondes, hausser les épaules et émettre un petit soupir la bouche en cœur. L'absence de juron signifiait qu'elle se résignait à la situation de mauvaise grâce.

— Ils sont pas nombreux, les Kissick. Et ils votent pas, pour la plupart.

— Ils pourraient, si je les aidais. Tu peux demander à Johnny Boy de me ramener chez toi ?

— Bien sûr, dit-elle. Mais après ça, il arrête de te trimballer partout avec l'argent du comté.

— Je fais réparer mon pick-up.

— Ça vaut la peine ?

— Sans doute pas, mais je l'aime bien. Le cousin de Johnny Boy est dessus.

— Lequel ?

— Jacky Turner. Tu le connais ?

— Bien sûr. Il vit avec ses parents. Aussi affûté qu'une ronce. Aussi barré qu'un sandwich à la soupe.

Mick hocha la tête et s'en alla. Dix minutes plus tard, il se tenait dans la cuisine de Linda avec son portable et appelait un taxi. Il demanda Albin, l'homme qui avait découvert le corps, ce qui fit rire l'opératrice.

— Y a personne d'autre qu'Albin en service aujourd'hui, dit-elle. Il sera là dans cinq minutes.

La jambe et la hanche de Mick ne lui avaient pas fait de misères de la journée. Il se demanda si c'était la rééducation qui portait enfin ses fruits, ou si les activités du jour avaient emmené son esprit ailleurs. Dans les deux cas, il était content. Il glissa son Beretta M9 dans un holster en cuir au creux de ses reins, sous sa chemise. Il n'avait pas porté d'arme depuis des semaines, et son poids lui apporta un réconfort familier.

Le taxi arriva et il grimpa sur la banquette arrière. Les cheveux d'Albin étaient coiffés en mulet, pas exactement la coupe dite "Cascade du Kentucky", mais quelque chose de plus subtil.

— On va où ? dit Albin.

— Western Auto.

— C'est fermé depuis dix ans.

— Amène-moi au parking. Tu sais où il est ?

— Bien sûr, dit Albin. C'est moi qu'ai trouvé le macchabée la semaine dernière.

Mick médita sa remarque. Le tueur n'aurait pas communiqué cette information aussi spontanément. N'empêche, Albin avait pu entendre ou voir quelque chose, un détail dont il ignorait l'importance. Albin suivit Lyons Avenue au pas jusqu'au croisement.

— Donc c'est toi qu'as découvert le corps, dit Mick.

— Un peu que c'est moi.

— On t'a appelé là-bas pour une course ?

— Nan, j'étais en pause. Je l'ai vu couché là et je me suis dit qu'il avait peut-être besoin que je le dépose quelque part. Un ivrogne endormi, ce genre de truc, voyez.

— Qu'est-ce que tu as fait ?

— J'ai appelé les flics. Je suis taxi, pas ambulancier.

— Comment tu as su qu'il était mort ?

— J'ai pas su. Mais il avait pas l'air en forme et il y avait du sang partout.

Albin ralentit sur Second Street, avant de bifurquer vers le parking de Western Auto, où une Ford récente était à l'arrêt, moteur allumé. Le jeune homme au volant avisa le taxi et s'éloigna immédiatement, accélérant sur le bitume. Depuis le siège passager, une femme aux longs cheveux roux jeta un regard par la vitre arrière.

— Tu les connais ? dit Mick.

— Non. Y pas mal de jeunes qui viennent traîner ici ces derniers temps. Ils veulent voir l'endroit où un homme est mort, vous comprenez. Si quelqu'un meurt dans un accident, ils voudront voir la voiture.

— Rends-moi service, dit Mick. Accompagne-moi là-bas et montre-moi où tu l'as trouvé.

Avec la réticence d'un fermier descendant d'un tracteur, Albin quitta son taxi. Il s'étira et fit rouler ses épaules.

— Où tu étais garé la nuit où tu l'as découvert ? dit Mick.

— Là-bas, à côté de ce qui était la porte de derrière autrefois.

— S'il faisait nuit, comment tu as vu le corps ?

— Les phares.

— Hmm. Montre-moi exactement comment il était couché.

Albin l'accompagna à l'autre bout du parking, qui était délabré – goudron craquelé, recouvert de gravier par endroits, de terre ailleurs. Des traces de pneus récentes de plusieurs véhicules différents striaient le parking. Albin s'arrêta pour lui montrer.

— Juste là, dit-il.

— Bouge pas, fit Mick.

Il se déplaça lentement, en crabe, décrivant un cercle autour de la zone qu'avait indiquée Albin. Les yeux rivés au sol, Mick réduisit progressivement le cercle. Un bout de terre nue contenait une ligne incurvée, et il en chercha une autre parallèle quelques dizaines de centimètres plus loin – les traces du brancard pliable sur lequel on avait emporté le corps. Mick s'accroupit et scruta le sol. Pas de sang. Pas de douille. Rien qu'un petit bout de terre où un homme était mort.

Il sortit une copie de la photo de la scène de crime, étudia l'arrière-plan et se positionna à l'endroit où s'était posté le photographe. Barney était allongé sur le dos, un bras sous le corps, l'autre tendu vers l'objectif. Mick s'était trouvé dans cette situation bien des fois : visiter la scène d'une mort violente, chercher des indices et se retrouver bredouille.

Il revint vers Albin, qui fredonnait un air ressemblant vaguement à une version yaourt d'un classique du rock.

— Où tu étais avant de te garer là ? demanda Mick.

— Je tournais, j'attendais des nouvelles du central.

— Tu étais allé où ?

— Y a pas mille endroits, dit Albin. Main Street de haut en bas, du côté des bars, mais il était trop tôt. J'ai fait un saut au campus. Puis je suis venu attendre ici.

— Pourquoi ici ?

— Je peux rejoindre très vite n'importe quel endroit en ville. La nuit, c'est calme. Je peux faire une sieste si l'envie me prend.

— Tu l'as fait ?

— Non, j'ai vu le corps avant.

— D'autres voitures ?

— J'ai dû en croiser quelques-unes en route.

— Ici, je veux dire.

— Non, rien. Juste moi.

— Tu as entendu quelque chose ?

— Genre quoi ?

— Une autre voiture. Une conversation. Une radio. Des coups de feu.

Albin se frotta la tête et fronça les sourcils, pensif. Il plissa les yeux et fixa son regard en haut à droite.

— Non, je crois pas. Et j'aurais entendu. J'avais la vitre baissée et pas de musique.

Mick hocha la tête, convaincu qu'il disait la vérité. Le lobe temporal du côté droit du cerveau emmagasinait les souvenirs. Quand quelqu'un mentait, il regardait souvent à gauche, la partie créative du cerveau.

— Il me reste un endroit où aller, dit Mick. Tu peux laisser tourner le compteur et m'attendre.

— Vous faites partie de la famille ? dit Albin. Les Kissick ?

— Nan, je donne un coup de main, c'est tout.

Albin monta en voiture, légèrement déconcerté par la situation. Le type parlait comme un flic mais n'en était pas un. Pour autant qu'il sache, les Kissick n'avaient pas d'amis, juste des clients. Personne ne travaillait pour eux s'il n'était pas de la famille. Peut-être que cet inconnu court sur pattes était du FBI. Peut-être qu'il pourrait l'aider à intégrer le cours de conduite sportive.

8

Marquis Sledge III était un croque-mort local qui tenait aussi le rôle de coroner du comté d'Eldridge. Son père et son grand-père avaient assuré ces mêmes fonctions, enterrer les morts et assister la police, un héritage remontant à cinquante ans. Ces derniers temps, Marquis craignait que son fils ne reprenne pas l'affaire quand son heure viendrait. Il mettait ça sur le dos d'Internet. Ses trois enfants passaient un temps démesuré à regarder des vidéos sur YouTube, surtout Marquis IV, quinze ans. Il voulait devenir "influenceur", un terme qui suscitait la perplexité de son père.

N'ayant ni enterrement ni mise en bière de prévus, Marquis avait renvoyé sa réceptionniste chez elle et s'était lancé dans la préparation d'une commande de fournitures. Absorbé par sa tâche, il eut un instant de surprise quand on frappa doucement à la porte. Il se guinda, enfila une veste noire de style ordinaire et se composa un visage contrit de circonstance – comme le lui avait appris son père. Il ouvrit la porte au frère du shérif. Marquis avait vaguement connu Mick au lycée, puis il avait collaboré avec lui sur une affaire de meurtre un an plus tôt. C'était une des rares personnes du comté qui semblaient parfaitement à l'aise avec Marquis malgré son métier.

Marquis l'accueillit et l'invita à s'asseoir. Son bureau était fonctionnel, avec une photo de sa famille, deux diplômes encadrés et une récompense de l'association des directeurs de pompes funèbres du Kentucky. Une machine discrète dans un coin purifiait l'air, l'imprégnant d'une légère fragrance de romarin pour masquer toute trace de produits embaumants. Mick trouva que ça sentait le poulet rôti.

— Journée calme ? dit Mick.

— Saison calme. Il y a plus de morts en janvier. Après, ça diminue.

— Et les morts par balles ?

— Le Kentucky est dans la moyenne. Le Texas est en haut du classement. Hawaï en bas.

Un rayon de soleil s'infiltra par le coin de la fenêtre et illumina le coin opposé. Le versant de colline derrière le funérarium était plongé dans une ombre épaisse. Un long filet de nuages dérivait au-dessus des arbres.

— Qu'est-ce qui vous intéresse dans ces statistiques ? dit Marquis.

— Barney Kissick.

Marquis se leva et ouvrit une armoire métallique couleur taupe, en tira un dossier couleur taupe et le posa sur son bureau, qui avait un sous-main taupe à l'ancienne, avec les côtés rembourrés pour maintenir le papier. Les murs et les rideaux étaient taupe, eux aussi. Marquis ouvrit le dossier et parcourut son rapport.

— Il avait trois blessures par balles à la poitrine, dit-il. Une qui a traversé. Une qui a touché un poumon, causant un pneumothorax.

Il jeta un œil à Mick, attendant l'inévitable demande de traduction de la terminologie médicale.

— Poumon décollé, dit Mick. Et la troisième ?

— Elle a touché le cœur. Occlusion de l'artère coronaire distale droite.

— Cause du décès ?

— Épanchement sanguin massif.

Mick hocha la tête. Marquis venait de confirmer les informations qui figuraient dans le rapport de police de Rocksalt.

— Avez-vous examiné le corps sur la scène de crime ?

— Oui, dit Marquis. J'ai constaté le décès, puis j'ai effectué l'examen post-mortem préliminaire ici.

— Y avait-il du sang sur la scène, assez pour indiquer une hémorragie externe ?

— Non.

— Hémorragie interne ?

— Très restreinte.

— Ça ne figure pas dans le rapport de police.

— Vous êtes le seul à avoir posé la question.

Mick réfléchit. Personne n'avait contacté Marquis parce qu'un dealer de drogue notoire avait été retrouvé mort en possession d'héroïne.

— Aurait-il pu être tué ailleurs, dit Mick, puis déplacé ?

— Je ne sais pas. Je ne suis pas policier.

— Hypothétiquement, dit Mick.

— Oui, il est possible que le corps ait été déplacé après le décès.

— Très possible ?

— Si j'étais policier, dit Marquis, ce serait une conclusion plausible étant donné l'absence de sang sur la scène de crime.

— Des éléments sur le corps ?

— Pas de lésions défensives. Il avait de l'argile sous les ongles.

— Il y a de l'argile partout dans ces collines.

— En quantité importante. Plutôt comme de la terre glaise.

— Comme s'il l'avait manipulée ?

— Je ne sais pas ce qu'il a fait, mais il a eu les deux mains dans la glaise avant de mourir.

Mick essaya de reconstituer le puzzle mentalement, mais sans grand succès. Le sol local contenait suffisamment d'argile pour avoir justifié deux manufactures de briques, toutes deux fermées depuis longtemps. Et au moins une autre dans le comté voisin.

— Ses effets personnels sont-ils ici ? dit Mick.

— La police a pris son téléphone, son arme, son portefeuille, la drogue et une balle logée dans sa cavité thoracique. Elle a frappé une côte, puis le sternum.

— Quel calibre ?

— Elle était cabossée à force d'avoir rebondi partout, dit Marquis. Mais je pencherais pour du .45.

— Autre chose ?

— Le corps n'avait ni montre ni bijou. J'ai les vêtements.

— J'aimerais les voir. C'est possible ?

Marquis se leva et quitta la pièce. Mick patienta, étudiant le décor taupe, s'interrogeant sur sa fonction pratique. Le personnel hospitalier avait commencé à porter des combinaisons bleu-vert pendant les opérations parce que c'était la couleur complémentaire du rose des tissus corporels. Elles réduisaient la fatigue visuelle pour le chirurgien. L'armée utilisait du vert olive pour les uniformes standard parce que cette nuance se fondait dans le noir plus vite que les autres. Le taupe devait être lié à l'acceptation du deuil.

Marquis revint avec un grand sac plastique. Il en retira précautionneusement un jean, une chemise et des chaussettes. Il posa une paire de chaussures de chantier à côté. Le jean présentait des résidus jaunâtres au niveau des genoux, une couleur similaire à celle de l'argile locale. Mick examina la semelle de chaque chaussure. Les épaisses nervures étaient espacées de cinq millimètres et contenaient beaucoup de terre, en partie sombre, en partie claire.

— Qui s'occupe de la géologie judiciaire ? dit Mick.

— La police d'État, pour l'essentiel. Je ne peux pas solliciter d'expertise moi-même. Il faut que ça vienne des enquêteurs.

— Et les experts privés ?

— Aucun résultat ne serait officiel.

— Je ne le suis pas non plus, dit Mick. J'aimerais prélever de la terre sur une chaussure. Comme ça, en cas de nouveau développement, vous aurez l'autre.

— Pourquoi ?

— S'il a été déplacé, peut-être que la terre indiquera où il a été tué. Ça vaut ce que ça vaut, mais c'est tout ce que j'ai.

Marquis médita un instant, puis il sortit un petit sac de congélation. Mick utilisa son canif pour racler soigneusement toute la terre de la chaussure gauche dans le sac. Marquis l'observa en silence et Mick attendit, sentant qu'il avait envie de parler. Il n'avait sans doute pas beaucoup d'occasions de faire la conversation ici.

— Pourquoi est-ce que tout est taupe ? demanda Mick.

— Mon grand-père a lancé cette entreprise en 1970. À l'époque, le style des funérariums était austère – rideaux épais, murs sombres, finitions sombres. J'ai rénové l'intérieur avec plus de fenêtres et des moquettes plus claires. Histoire de faire entrer un peu de lumière. Je voulais que mon bureau soit uniforme, mais pas terne. Le taupe, c'est chaleureux et ça va avec tout. Pas aussi cru que du blanc partout. Et pas aussi déprimant que le style de grand-papa.

Quelque chose heurta la fenêtre avec un bruit sourd. Mick posa le sac de terre sur le bureau, sortit et fit le tour du bâtiment. Sous la fenêtre, un chardonneret gisait au sol. Il ramassa délicatement l'oiseau sonné, le recueillit dans le creux de sa main. Le cou du chardonneret pulsait rapidement. Ses yeux étaient ouverts. Mick le tapota, et les ailes émirent un battement faible. Il porta l'oiseau au niveau de sa bouche et souffla trois fois dans son bec ouvert. L'oiseau se dressa sur sa paume. Il inclina la tête pour voir Mick, inspecta les environs comme pour s'orienter, puis il s'envola.

Mick rentra. Marquis regardait par la fenêtre.

— C'est la première fois que quelque chose revient à la vie ici, dit Marquis.

— Tout a droit à une deuxième chance.

— Même M. Kissick ?

Mick acquiesça.

— Le Dr Harker, à l'université, dit Marquis. Elle s'intéresse à l'expertise des sols. Et elle a un labo.

Mick le remercia et partit. Il scruta les alentours en quête d'autres chardonnerets protégeant leur territoire, et n'en vit aucun. Albin fredonnait dans le taxi lorsque Mick s'assit à l'arrière.

— Où on va maintenant ? dit Albin.

— À l'université. Tu sais où est le bâtiment de géologie ?

— Non, mais je peux trouver. Vous êtes sûr ? Je vais devoir laisser tourner le compteur.

— Ouais, dit Mick. J'ai une proposition à te faire. Mon pick-up est en rade pour quelques jours. Qu'est-ce que tu dirais que je t'embauche comme chauffeur ?

— Privé ?

Mick opina.

— Faut que je vérifie avec le central, dit Albin.

— Dépose-moi d'abord.

L'Université d'État de Rocksalt était au départ un petit établissement destiné à fournir des profs pour les collines, avant de devenir plus sérieux. Elle était connue comme une "école valise" parce que la majorité des étudiants rentraient chez eux le week-end. La culture des collines imposait une stricte loyauté familiale et une suspicion généralisée à l'égard des études. Les jeunes devaient montrer à leur famille qu'ils n'avaient pas renié leur éducation sous l'influence pernicieuse des salles de classe. De nombreux parents craignaient que leurs enfants obtiennent un diplôme et partent trouver du travail ailleurs, les laissant vieillir seuls.

Conçue au départ sur un plan quadrillé, l'université avait récemment fermé quelques rues à la circulation, ce qui rendait le campus plus praticable pour les étudiants à pied. Les GPS n'avaient pas tous suivi la modernité, et Albin fit quelques faux départs, tombant sur des impasses et des sens uniques avant de trouver une allée étroite, perpendiculaire à la rue principale, qui menait au bâtiment de géologie.

Mick descendit de voiture et s'avança vers le Glasser Hall, construit en 1937 en brique rouge avec des finitions en granite. La façade avait soixante-quatre fenêtres, qui lui donnaient l'aspect des usines urbaines du XIXe siècle. Il traversa la vaste pelouse jusqu'à l'entrée principale. Les élèves étaient en classe, les couloirs relativement vides, et il trouva facilement le département de géologie. Une réceptionniste l'informa que le Dr Harker donnait cours pendant encore vingt-trois minutes. Mick attendit, appréciant la précision. Il parcourut une brochure et apprit que le nom correct était "sciences de la terre" et non "géologie". Il supposa que cela rendait la matière plus attractive pour les étudiants. Les études de Mick s'étaient étalées sur neuf ans et trois pays pendant l'armée. Un diplôme était nécessaire pour être promu au sein de la division d'investigation criminelle, objectif qu'il s'était fixé lorsqu'il s'était lassé d'être parachuté dans des zones de combat.

Deux jeunes hommes passèrent devant lui, les yeux rivés à leur téléphone. Il aurait pu s'agir de jeunes recrues tout droit sorties du camp d'entraînement. Trois femmes marchaient d'un pas tranquille dans la direction opposée, captant l'attention des hommes, et Mick se demanda à quoi aurait ressemblé sa vie s'il était resté dans le comté d'Eldridge et qu'il avait étudié ici. Il aurait le même âge, bien sûr, il serait très possiblement divorcé, mais son corps ne porterait pas de cicatrices de balle, de couteau et de shrapnel.

Il se rendit au bureau du Dr Harker et se planta devant la porte fermée à clé. Elle arriva peu après, suivie par deux étudiants qui semblaient clairement en adoration devant elle. Elle leur prodigua des encouragements et leur rappela l'existence d'un séminaire qui leur permettrait d'obtenir des crédits supplémentaires. Le Dr Harker était petite, énergique et vive. Elle portait un pantalon de costume d'homme des années 1940 au pli impeccable, avec des ourlets de cinq centimètres et un discret motif écossais. Elle sourit à Mick avec un enthousiasme sincère.

— Vous m'attendiez ?

Mick fit signe que oui. Elle ouvrit son bureau et l'invita à entrer. La petite pièce contenait un mur de livres, un bureau, un fauteuil, un ordinateur et une chaise pour les visiteurs. Le reste du mobilier était composé de surfaces sur lesquelles était entassé un surprenant assortiment d'objets. Des livres, des papiers et des cahiers à spirale étaient adossés à quatre piles d'annuaires. Une figurine à tête branlante munie d'une pelle trônait sur une étagère, avec une photo du Dr Harker collée sur le visage. Les murs affichaient des cartes topographiques et des diagrammes indéchiffrables. Mick fut agréablement surpris de voir que la pièce ne comportait pas l'inévitable rangée de diplômes encadrés. Il n'avait jamais fait confiance aux gens qui étalaient leur réussite.

Le Dr Harker s'installa dans son fauteuil, ouverte à la discussion, les yeux vifs et joyeux derrière de petites lunettes en métal. Mick avait déjà consulté des universitaires, mais uniquement en Europe, où les professeurs étaient radicalement différents. Il lui adressa un signe de tête.

— Marquis m'a appelée, dit-elle. Il m'a dit d'écouter ce que vous aviez à me dire. J'écoute. C'est mon visage d'écoute.

Elle sourit de nouveau, et Mick la renseigna brièvement sur la situation et sur ce qu'il voulait.

— Vous avez ce mystérieux sac de terre ? demanda-t-elle.

Mick le lui passa.

— Dites-moi, lança-t-elle. Vous n'avez pas de mauvaises intentions ?

— Non, madame. Tout est réglo. J'aide la famille.

— Vous avez étudié ici ?

— Non, madame. Je me suis engagé dans l'armée il y a dix-huit ans. J'ai eu mon diplôme en formation continue.

— Qu'est-ce que vous voulez savoir sur cet échantillon ?

— Tout.

— Le sol est une mine d'informations. La terre nous dit tout. Les humains sont sortis de l'eau, ont migré vers la terre ferme et retournent à la terre à leur mort. Toute l'histoire humaine est contenue dans ce sac.

— Hmm. Je n'ai pas vraiment besoin de tout ça. Idéalement j'aimerais que vous me disiez d'où elle vient. Ou que vous m'orientiez dans la bonne direction.

— Vous ne voulez pas un cours d'histoire des sols ?

— Non, madame, pas vraiment.

Elle rit, puis elle se pencha en avant, les coudes sur son bureau, les muscles de ses avant-bras tendus.

— Tant mieux, dit-elle. Sinon, j'aurais poliment décliné. Je vais examiner cet échantillon pour faire plaisir à Marquis. Revenez dans une semaine.

— Merci, mais je n'ai pas autant de temps.

— C'est ce que je craignais. Deux jours ?

Il se leva et lui tendit la main. Ils échangèrent une brève poignée, un geste qui lui fit penser à un Français rencontrant un Américain.

— Même heure ? dit-il.

— Non, trois heures, c'est mieux. C'est plus calme et je serai en train d'attendre que ma femme vienne me chercher.

Mick hocha la tête et s'en alla. Tout en fermant la porte, il aperçut le Dr Harker qui approchait le sac de son visage, scrutant son contenu. Il traversa les couloirs, zigzaguant entre des étudiants vêtus à l'identique – pantalon de survêtements, baskets criardes et T-shirt trop large avec de grandes lettres grecques. La plupart des hommes portaient des casquettes à l'envers, ce qui allait à l'encontre de la finalité de la visière, à moins qu'elle n'abrite le col de la pluie. Le mulet d'Albin ferait aussi bien l'affaire.

La vitre d'Albin était baissée et il contemplait langoureusement deux étudiantes qui passaient devant lui. Elles avaient chacune un écouteur dans l'oreille, les câbles fusionnant et branchés sur un téléphone, leur permettant de partager la musique. Mick leur envia leur innocence. Il grimpa sur la banquette arrière.

— Ils ont dit quoi, au central ? demanda-t-il.

— Ils vont trouver quelqu'un pour me remplacer tant que vous aurez besoin de moi. Combien de temps vous pensez que ce sera ?

— Dur à dire. Tu sais où est la maison des Kissick ?

— Bien sûr. J'étais à l'école avec Mason.

— On y va.

— On est pressés ?

Mick entendit une note d'espoir dans la voix d'Albin. Cela le surprit, car la plupart des taxis préféraient rouler doucement afin de maximiser la course. Peut-être qu'Albin avait rendez-vous avec une fille, ou chez le coiffeur.

— Ouais, mec, dit Mick. Le plus vite sera le mieux.

9

Albin descendit lentement Normal Avenue jusqu'à Main Street et emprunta une rue qui se déversait dans la nouvelle rocade. Il s'engagea sur l'US60 vers l'est. Passé les limites de la ville, il appuya à fond sur l'accélérateur. Le V6 gronda et la voiture atteignit les quatre-vingts kilomètres heure en cinq secondes avant qu'il doive ralentir au premier virage. Il monta à cent dix sur un petit tronçon rectiligne, freina à l'approche d'un virage serré et accéléra à l'intérieur. La route s'ouvrait ensuite sur trois kilomètres de ligne droite avec trois collines. Albin resta pied au plancher et atteignit les cent quarante, puis il décéléra avant une série de virages abrupts. Il gagna Big Perry Road en cinq minutes, nouveau record personnel. Il restait une dernière ligne droite avant qu'il soit forcé de diminuer sa vitesse pour bifurquer sur l'étroite piste menant à la maison des Kissick.

Albin se détendit et jeta un coup d'œil à Mick dans le rétroviseur.

— C'était assez rapide à votre goût ? dit-il.

— T'as pas peur de la police ?

— Nan, je sais où ils se planquent. Et puis, je me dis qu'avec un gars du FBI comme vous, je suis tranquille.

— Je suis pas au FBI, dit Mick. Je suis dans l'armée.

— Merde. Ça craint.

Mick hocha la tête. Le petit était un sacré conducteur et ne parlait pas autant que Johnny Boy. Albin se gara sur le bas-côté devant la maison des Kissick.

— Attends-moi ici, dit Mick.

Il traversa le jardin, monta les marches et frappa à la porte. Mason ouvrit.

— C'est Albin, là-bas ? dit-il.

Mick acquiesça et Mason se dirigea vers la voiture, tout sourire.

Shifty Kissick était assise dans le même fauteuil que la dernière fois, regardant la télévision sans le son. Mick resta debout jusqu'à ce qu'elle désigne une chaise.

— T'as trouvé qui a tué mon petit ? dit-elle.

— Non, madame. J'ai obtenu le rapport de police. Il y a des photos que j'aimerais vous montrer.

— Je veux plus voir Barney.

— C'est pas lui, madame Kissick. C'est ce qu'il avait sur lui.

Il lui passa quatre photos des sachets en papier cristal froissé contenant de l'héroïne. Deux des clichés étaient des gros plans d'une couronne jaune tamponnée sur le sachet.

— Ils sont pas à lui, dit-elle. Garanti.

— Comment vous le savez ?

— Tu connais quelque chose à ce business ?

— Non, madame. Rien.

— En fait, tout le monde a un petit logo qu'il met sur ses sachets, comme de la pub. Celui de Barney, c'était une étoile bleue. Cette couronne jaune signifie que c'était à quelqu'un d'autre.

— L'héroïne d'un autre dealer, vous voulez dire ?

— Oui, pas celle de Barney.

— Qui utilise une couronne jaune ? dit-il.

— Je sais pas.

— D'où venait l'étoile bleue sur les sachets ?

— C'est Mason qui les tamponnait.

— Est-ce qu'il aurait pu faire une erreur ? Mettre le mauvais logo ?

— Il avait qu'un tampon. S'il s'était trompé, Barney l'aurait vu. Il les vérifiait tous.

— Vous voyez une raison pour laquelle Barney aurait pu utiliser un autre tampon ? La couronne jaune ?

— Non, il était fier de l'étoile bleue. Tout le monde savait que c'était lui. Du bon matos de Detroit. Il appelait ça l'image de marque.

— Qui d'autre vend de l'héroïne par ici ?

— Je ne peux pas parler de ça. C'est tout ce que t'as ? Des photos d'une came qu'est même pas à lui ?

— C'est un début, madame Kissick. Je vous ai dit que j'allais jeter un œil pour voir si ça valait le coup de pousser plus loin.

— Alors ?

— Alors oui, je crois bien. Il y a quelque chose qui cloche. J'essaie de trouver quoi exactement. Savoir qui vend la couronne jaune pourrait m'aider.

— Qu'est-ce que tu comptes faire ?

— J'ai quelques idées.

— Je dois savoir.

— Madame, dit Mick. Je travaille pas pour vous et je suis pas à vos ordres.

— Alors pour qui tu travailles ?

— Pour ceux qu'ont pas encore été tués.

Les épaules de Shifty Kissick s'affaissèrent et elle ferma les yeux. Il attendit. L'année passée, Shifty l'aurait fichu à la porte avec une arme, mais elle était plus faible maintenant. Il prit garde de ne pas esquisser un geste, ni un battement de cils. Il la vit tergiverser, puis se résigner au pragmatisme.

— Il y a un clan du côté de Christy Creek, dit-elle. Après le vieux cimetière de Hogtown, dans le comté d'Elliott. Barney est monté les voir et ils ont trouvé une sorte d'arrangement. Rich Lange, ses deux garçons et une pièce rapportée. Ils ont commencé avec de l'herbe, puis des cachets. Des coriaces. Rich, il serait capable de te noyer dans ton propre puits.

Mick sortit. Mason était penché à la portière de la voiture, riant avec Albin. Mick entendit la fin d'une anecdote concernant un drone et un aspirateur robot, une histoire de combat entre les deux.

Ils se turent à l'approche de Mick.

— Mason, dit Mick, ta mère me dit que c'est toi qui tamponnais l'héroïne.

— Ouaip.

— Tu utilisais quoi ?

— Un truc en caoutchouc avec une étoile sculptée. L'encre était bleue.

— Tu as déjà utilisé un autre tampon ?

— J'ai que çui-là.

Mick lui montra les photos.

— On dirait des capsules de bière.

— Elles sont à l'envers, Mason.

Mason retourna les photos et sourit.

— Des couronnes !

— Tu les reconnais ?

— J'en ai jamais vu d'autres que ceux de Barney. Y avait rien dessus avant que je mette l'étoile. C'était marrant à faire.

Mick hocha la tête. Il fit le tour de la voiture et s'installa sur le siège passager à côté d'Albin, qui enclencha une vitesse et fit rugir le moteur. Mason s'écarta avec un geste de la main, comme on salue un facteur apportant une lettre ardemment désirée.

— C'est plus sûr à l'arrière, dit Albin.

— Je préfère être devant. Plus facile de voir quand tu vas accélérer ou freiner.

— On va où ?

— Après le vieux cimetière de Hogtown, dans le comté d'Elliott.

— On est pressés ?

— Non, je dois réfléchir une minute. Tu connais les Lange, là-haut ?

— J'ai pas envie de les connaître. Faut pas déconner avec eux.

— Tu peux rester dans la voiture.

Albin fit demi-tour et repartit par où ils étaient arrivés. Il prit Haldeman Road et passa devant les vestiges de l'ancienne école de Mick, qui évoquaient les ruines d'un vieux fort. Albin suivit Open Fork Road jusqu'en haut de la crête, laissant derrière lui le cimetière de New Sill puis un autre, plus petit, occupé par une seule famille.

Trois corneilles s'envolèrent pesamment d'un fossé et se posèrent sur un érable à sucre. L'étroite chaussée descendait vers la Route 32 dans une série de virages, desservant une église et le salon de beauté Ashley Fly.

Albin tourna sur une route de terre qui quittait le vallon vers une haute crête. Les bois se pressaient densément le long de la route, sans fossé ni accotement pour faire demi-tour. Il s'arrêta au sommet, devant deux panneaux qui annonçaient PROPRIÉTÉ PRIVÉE.

— Et maintenant ? dit Albin.

— Va doucement jusqu'à ce qu'on voie quelqu'un. Je m'occupe de lui parler.

Albin roula au pas sur une vingtaine de mètres. Un homme surgit des bois muni d'un fusil AR-15. Il portait un jean, une chemise de flanelle et des chaussures de chantier. Sa tête était hérissée d'épis.

Albin s'arrêta et Mick sortit lentement de la voiture, les mains hautes et visibles. Il tenait son pistolet par le pontet, canon vers le sol. L'homme leva son AR-15. Mick posa son arme et son téléphone sur le capot de la voiture et s'écarta hors de portée.

— Je suis le fils de Jimmy Hardin, Mick.

— Il dit qu'il s'appelle Mick Hardin.

Mick comprit qu'il parlait dans un portable attaché autour de son cou par un harnais artisanal. Il baissait le menton de temps à autre comme pour diriger sa voix vers le téléphone. Le fusil ne trembla pas un instant, braqué sur la poitrine de Mick.

— Qu'est-ce que tu fais ici ? dit l'homme.

— Je viens parler à M. Lange. Je suis un ami de Shifty Kissick.

L'homme transmit l'information. Tout leur échange avait un côté emprunté qui lui rappelait ses conversations avec son ex-femme sur des téléphones militaires au Moyen-Orient. Un délai de plusieurs secondes suivait chaque intervention.

— Parler de quoi ? dit l'homme.

— De Fuckin' Barney.

— T'es flic ?

— Non.

— Papa veut savoir ce que tu veux.

— Je parlerai qu'à lui.

Il y eut une attente plus longue pendant que la personne à l'autre bout du fil réfléchissait. Mick patienta calmement. Une grive des bois se posa par terre à côté d'une fourmilière en terre friable. Elle attrapa quelques fourmis dans son bec et les frotta sur ses plumes. Mick n'avait pas vu ça depuis longtemps, depuis que son grand-père lui avait fait remarquer cet étrange comportement. L'oiseau s'envola vers un arbre à franges, son poids faisant osciller la mince branche, puis il entonna son chant.

— OK, dit l'homme. En route.

Mick se mit en marche. Il entendait les gros godillots de l'homme qui le suivait, un mauvais point pour une sentinelle. Il garda son commentaire pour lui. En haut de la crête, deux véhicules surgirent dans son champ de vision à un embranchement – la route d'un côté, un sentier dans l'autre direction. Mick s'arrêta.

— À droite, dit l'homme derrière lui.

Ils suivirent le sentier autour d'un épais bosquet de cèdres jusqu'à une maison avec un bardage à clins et un porche au large toit. Le haut d'un conduit de cheminée derrière le toit suggérait une extension à l'arrière. Sur le porche, un autre jeune homme tenait négligemment un fusil et portait un revolver dans un holster. Il parlait dans un téléphone portable accroché à son cou, juste sous le menton. Mick supposa qu'il ne devait pas entendre grand-chose.

La porte s'ouvrit derrière lui, laissant apparaître un homme plus âgé qui ressemblait aux deux sentinelles, principalement à cause des cheveux. Tous trois avaient le même épi sur la gauche, deux autres à droite, et une spirale sur le haut du crâne, comme si un troupeau entier leur avait léché la tête. Les cheveux du plus vieux étaient d'un gris uniforme.

— Alors comme ça t'es un Hardin, dit-il.

— Hmm-hmm.

— C'est toi qui t'es fait arrêter par ta sœur dans le comté d'Eldridge ?

Mick confirma. Le benjamin des fils sur le porche sourit.

— Tu vas voter pour elle ? demanda le père.

— Sans doute, dit Mick. Si elle me coffre pas avant.

— Qu'est-ce que tu veux ?

— Vous êtes monsieur Lange ?

— Ça fait un bail qu'on m'a pas appelé comme ça. Je suis Rich.

— Shifty Kissick m'a dit de vous parler.

— De quoi ?

— De son fils assassiné.

— Fuckin' Barney, dit Rich. C'est pas quelqu'un d'ici qu'a fait ça.

— Je vous crois, dit Mick. J'ai des photos que j'aimerais vous montrer. Mme Kissick les a déjà vues.

— Quel genre de photos ?

— De quand on l'a tué.

— C'est tout ce que tu veux ? Que je regarde des photos ? Qu'est-ce que j'y gagne ?

— Rien, dit Mick.

Rich poussa un grognement enjoué, comme en proie à une bonne humeur passagère, puis il adressa un signe de tête à son fils. Le benjamin des frères descendit du porche, prit le dossier de photos des mains de Mick et l'apporta à son père. Rich les parcourut rapidement, puis une nouvelle fois, plus lentement.

— Où t'as eu ça ?

— Par l'adjoint de ma sœur. Fuckin' Barney avait ça sur lui quand on l'a tué. Mme Kissick n'avait jamais vu ces sachets. Mason non plus.

— Ce gars-là est un barrage à qui il manque une rivière.

Mick acquiesça. Ils restèrent plantés là une minute à s'observer mutuellement, comme si cela faisait partie du travail de chacun des hommes présents. La brise charria une vague odeur de forsythia depuis l'orée des arbres. Mick huma l'air.

— Tard pour les forsythias, dit-il.

— Ils ont pas beaucoup de soleil, dit Rich.

— Cette couronne jaune, c'est votre marque ? dit Mick.

Rich fit signe à ses fils.

— Allez en prendre un.

À son tour, l'aîné fit signe au plus jeune, qui grimaça, descendit du porche et alla derrière la maison. Mick regarda l'ombre se retirer à mesure que le soleil s'élevait au-dessus de la colline. La terre était silencieuse.

— Pas de chiens ? dit Mick.

— Ils savent ne pas aboyer. Et quand déchirer la jambe d'un homme. Tu te balades toujours en taxi ?

— Mon pick-up est en rade. Albin connaissait la route, mais il avait trop peur pour quitter la voiture.

— Et toi non ? dit Rich. Comment ça se fait ?

— Pas de raison. Je suis pas contre vous.

Le fils de Rich revint et Rich lui indiqua Mick d'un geste. Le sachet était en papier cristal comme les autres, mais celui-là avait un R rouge vif tamponné dessus.

— Ça, c'est les miens, dit Rich. J'aime les Reds de Cincinnati.

— Ils sont pas au top, dit l'aîné de ses fils. Moi j'aime les Cards.

Rich l'ignora, donc Mick fit de même. Il tendit le sachet au plus jeune, qui retourna consciencieusement sur le porche.

— Mme Kissick a dit que vous et Barney aviez un accord. Une sorte de partage de qui vendait où. Le comté d'Eldridge et le comté d'Elliott.

— Je ne me souviens pas.

— Vous pensez que quelqu'un cherche à se faire une place ?

— Peut-être, dit Rich. La mort de Fuckin' Barney laisse un vide à combler.

— Pas mes affaires, dit Mick. À moins que ce soit pour ça qu'on l'a tué.

— C'était pas nous. Et je connais pas cette couronne jaune.

— Merci pour votre aide, monsieur Lange.

Mick les salua chacun d'un signe de tête et repartit vers la voiture. Son téléphone et son arme n'étaient plus sur le capot. Albin avait incliné le siège autant que possible et regardait par le bas de la vitre. Elle était à moitié descendue.

— T'as mon arme là-dedans ? dit Mick.

Albin opina. Mick grimpa sur le siège passager. Albin avait déjà remonté son siège et baissé toute la vitre. Il rendit ses affaires à Mick.

— Laisse-moi deviner, dit Mick. Tu as pensé que si tu entendais des coups de feu, il te faudrait partir vite, et tu avais peur que mes affaires tombent de la voiture.

— Désolé, vieux.

— Ne le sois pas. C'était bien vu.

— On va où ?

— On retourne chez ma sœur, où tu es venu me chercher. On n'est pas pressés.

10

À DIX heures trente le lendemain matin, Linda avait déposé huit pancartes et récolté quatorze votes. Elle avait aussi transpiré dans son uniforme et s'était débarrassée de son chapeau officiel. Il était trop tôt pour une chaleur pareille – trop tôt dans le printemps et trop tôt dans la journée – et les politiques se chamaillaient au sujet du changement climatique. Si un seul d'entre eux avait mis le nez dehors pour une vraie journée de travail, il aurait compris deux ou trois choses. Elle avait faim, mais ce n'était pas encore l'heure du déjeuner.

Linda était assise dans sa voiture avec l'air conditionné et se demandait si ce poste de shérif valait tout le dérangement. Elle dressa dans sa tête une liste des pour et des contre afin de les mettre en balance, mais quand elle termina de compter les contre, elle avait oublié le nombre de pour. Elle fouilla dans la boîte à gants, trouva un stylo au nom de Sledge Funeral Home et écrivit sur un ticket de caisse du supermarché :

Pour :
Voiture gratuite
Allocations de l'État
Modèle pour les filles
Statut dans la communauté
Aider les gens

Contre :
Faire campagne
Horaires difficiles
Témoigner au tribunal

Elle étudia la liste et barra "statut dans la communauté", parce que ça n'allait pas beaucoup plus loin qu'un excès de politesse chez certaines personnes, et de savants détours pour l'esquiver chez d'autres. Malgré tout, les pour l'emportaient sur les contre, ce qui l'agaçait. Elle pouvait ajouter d'autres contre, mais cela impliquait de se concentrer sur le négatif, chose qu'elle essayait d'éviter. Le principal restait "faire campagne", et elle le nota une seconde fois dans la colonne des contre. À présent, la liste était à égalité, quatre de chaque côté. Elle envisagea de la récrire pour allonger les contre. Puis elle comprit que la liste était sa propre campagne contre la campagne.

Le Motorola encastré dans le tableau de bord s'illumina avant d'émettre une vibration. Linda cliqua sur le micro. La voix de l'opératrice crépita dans la voiture.

— Central pour shérif, à vous.

— Je suis là, Sandra.

— On a une urgence de type chien.

— Envoie Johnny Boy.

— Il est en intervention à l'autre bout du comté. L'urgence de type chien est quelque part sur Tater Lick Road. Près de là où vous êtes.

— Quel est le problème ? dit Linda.

— Inconnu.

— Jamais entendu parler d'urgence de type chien.

— Non, chef.

— J'espère que c'est pas la rage.

Linda nota les coordonnées au dos du ticket de caisse, fit demi-tour et repartit sur Cranston Road. Elle ralentit au niveau du cimetière et salua d'un geste trois hommes âgés qui nettoyaient les tombes. Personne du nom de Cranston ne vivait dans le comté et elle se demanda qui avait donné son nom à la route. Sans doute quelqu'un dans le cimetière, peut-être une famille entière. Johnny Boy saurait ce genre de choses.

L'urgence de type chien n'était pas sur Tater Lick Road, mais plus au nord, le long de Tater Lick Branch, qui était un tronçon de Triplett Creek. Après plusieurs tâtonnements et deux appels au central, Linda trouva la bonne maison sur Barn Branch Road, un nom qui n'évoquait pourtant ni rivière ni famille, et aucune grange n'était en vue.

La maison avait des bardeaux bleu clair avec des finitions bleu foncé. Elle appartenait à Stell Combs, diminutif de Stella. Elle était assise sur son porche et contemplait un érable à sucre en pleine feuillaison devant la maison. Linda se gara et descendit de voiture, ajusta son ceinturon pour un accès rapide à son pistolet au cas où le chien aurait effectivement la rage. Elle emprunta les dalles conduisant au vaste porche. Stell portait une robe bleue et un pull bleu, et ses cheveux gris étaient maintenus en place par un réseau de barrettes bleues.

— Madame Combs, dit Linda. Je suis Linda Hardin.

— Je ne m'attendais pas à voir le shérif en personne !

— Oui, madame. Tout va bien ?

— Oh oui, je suis dans une forme épatante. C'est Skippy qui a un problème.

— Votre chien ? Il marche bizarrement ? Il est désorienté ? Ou blessé ?

— Je ne sais pas s'il est blessé. Il est coincé dans cet arbre.

Elle désigna l'érable et Linda se demanda si Mme Combs avait une araignée au plafond. Quand bien même, Linda devait aller au fond des choses.

— Ça fait une heure qu'il est là-haut, dit Stell.

Linda fit le tour de l'arbre en regardant en l'air. C'était un vieil érable, dans les vingt-cinq mètres, avec un gros thermomètre cloué sur le tronc. Elle ne vit pas de chien et n'entendit pas de chien. Il y avait par terre une gamelle remplie de nourriture pour chien.

— Skippy ! lança Mme Combs depuis le porche. Skippy !

Linda recula pour scruter les branches du haut. Une brise légère lui rafraîchît le visage, avant de se muer en bourrasque. Les feuilles se déplacèrent un instant, et à travers un interstice elle aperçut un éclair de fourrure blanche à environ cinq mètres. Quand le vent cessa, la fourrure disparut entre les arbres, et elle se demanda si elle l'avait imaginée. La fourrure aurait pu être un bout de nid. En tout cas, le vent frais était bienvenu.

Elle alla sur le porche et s'assit à côté de Stell dans un fauteuil en osier, blanc à l'origine et repeint en bleu, devenu un entrelacs moucheté de tresses de saules qui perdaient leurs pigments.

— Madame Combs, dit Linda, comment votre chien s'est-il retrouvé dans l'arbre ?

— Une histoire à coucher dehors. J'avais ouvert toutes les fenêtres et les portes pour faire courant d'air, devant et derrière. C'est la première journée chaude de l'année. On étouffe après la nuit et j'aime respirer.

Linda convint par un "hmm-hmm" que respirer était une bonne idée.

— Bref, continua Stell, Little Joey passe le plus clair de son temps dehors et…

— Little Joey ?

— La chatte. Elle a pas son pareil pour chasser les souris. Elle s'en donne à cœur joie avec les taupes, aussi. Little Joey était dehors et Skippy est parti à ses trousses. Vous savez comment sont les chats et les chiens.

— Hmm-hmm.

— Little Joey a couru dans la maison, elle sait qu'elle n'a pas le droit, mais c'est le printemps et ils sont tout excités. Elle a grimpé les escaliers à toute vitesse, poursuivie par Skippy. Little Joey s'est précipitée dans l'ancienne chambre de ma fille, elle a sauté par la fenêtre, elle a atterri sur le toit du porche, puis elle a sauté dans l'arbre, Skippy toujours derrière elle. Little Joey est descendue direct, mais Skippy est resté là-haut.

— Comment vous savez tout ça ?

— Je buvais mon café ici quand c'est arrivé. Je l'ai vu de mes propres yeux. Vous avez une cigarette ?

— Non, madame, dit Linda. Je ne fume pas.

— Moi non plus. Mais je suis à court de calmants et Skippy est coincé dans un arbre.

— Vous avez une échelle ?

— J'en avais une, mais je ne l'ai plus. Je l'ai prêtée à Silas Henderson, au bout de la rue. Il est mort avant de pouvoir me la rendre et je n'ai pas eu le cœur de la réclamer à ses enfants. Vous comprenez, ils pouvaient pas savoir que je la lui avais prêtée et ils auraient pu croire que j'essayais de la voler.

— C'était quand ?

— Il y a quatorze, quinze ans. Ils ont vendu la maison depuis. L'échelle aussi, peut-être.

— Vous avez de la famille pas loin ?

— J'ai sept filles, mais aucune ne vit à Barn Branch. Trois en ville, une du côté de Clearfield, deux à Christy Creek. La plus jeune est sur Flemingsburg Road. Vous savez où c'est ?

— Oui, madame. C'est sur la route de Flemingsburg.

— Ah oui. Je le savais.

— Vos filles sont mariées ?

— Toutes autant qu'elles sont. J'ai onze petits-enfants que je ne vois pas assez. On n'a jamais vu des bébés aussi adorables. Quatre vont à l'école.

Elle commença à lui expliquer en quelle classe était chaque enfant, et Linda repartit vers son véhicule en faisant des calculs. Avec les maris, il y avait au moins quinze votes potentiels en échange d'un coup de main pour faire descendre un chien d'un arbre. Elle contacta Sandra par radio et lui demanda si Johnny Boy était disponible pour lui apporter une échelle.

— Pas tout de suite, non. Il est au ponton de Starkey pour enquêter sur des graffitis.

— Il n'y a nulle part où écrire, là-bas.

— Apparemment il y a une guérite, maintenant.

Linda lâcha le bouton émetteur. Le ponton de Starkey était à cinquante kilomètres. Même si Johnny Boy était libre, il lui faudrait plus d'une heure pour arriver, plus le temps de trouver une échelle. Quelques mois plus tôt, elle était sortie avec Shane Tackett, mais solliciter son aide signifiait qu'il attendrait quelque chose en retour, comme tous les hommes. Ensuite, il se plaindrait qu'ils ne se voyaient pas assez. Si elle lui faisait remarquer qu'ils se verraient quand il apporterait l'échelle, il se fâcherait. Linda n'avait envie d'aucun de ces scénarios. Sa meilleure option était son frère, qui lui était redevable du gîte, du couvert et de la douche occasionnelle.

Trente minutes plus tard, Linda était assise sur le porche et terminait le déjeuner offert par Mme Combs – du fromage et du salami sur du pain de mie, avec des myrtilles. C'était apparemment sa spécialité, le repas qu'elle servait régulièrement à ses filles. Linda avait noté leur nom dans l'intention de planter une pancarte dans leurs jardins. Pendant tout ce temps, Mme Combs n'avait pas cessé de parler. Si Linda tentait d'ajouter une remarque ou de demander une précision, Mme Combs élevait simplement la voix et poursuivait son monologue comme si elle cherchait à couvrir le bruit d'une averse soudaine sur un toit de tôle. Linda était lasse de l'écouter et comprenait pourquoi les filles étaient parties et ne venaient pas la voir.

Le taxi d'Albin arriva devant la maison avec une échelle télescopique en aluminium dépassant du coffre. Un

T-shirt attaché au dernier barreau servait d'avertissement pour les autres conducteurs. Linda sauta sur l'excuse et traversa la pelouse pour saluer Mick. Il portait un écheveau de corde sur son épaule.

— Salut frangine, dit-il. À ton service.

— Il faut une première à tout.

— Où est le chien ?

— En haut de cet érable.

— Il a dû sauter du toit du porche. Il poursuivait quelque chose ?

— Comment tu peux savoir un truc pareil ?

— La fenêtre est ouverte, dit Mick. Comment s'appelle le chien ?

— Skippy.

Mick apporta l'échelle jusqu'à l'arbre et examina le sol et l'écorce. Scrutant les feuilles, il fit le tour de l'érable en appelant le chien. Il refit le tour, puis il alla à la voiture.

— Albin, dit-il, va parler à cette femme. Demande-lui un verre d'eau ou bien dis-lui que t'as besoin d'utiliser les toilettes. Retiens-la dans la maison jusqu'à ce qu'on ait fini.

— Ça devrait pas être trop dur, dit Linda. Elle parle comme une accro à la meth.

Albin quitta la voiture et rejoignit Mme Combs. Mick les regarda entrer dans la maison.

— Pourquoi tu veux pas qu'elle soit là ? dit Linda.

— Un chien effrayé, ça bave. Il n'y en a ni par terre ni sur l'écorce. J'entends ni geignement ni gémissement.

— Peut-être qu'elle est folle et que le chien est pas là-haut. Peut-être qu'y a jamais eu de Skippy.

Mick attacha la corde à sa ceinture et déplia l'échelle jusqu'au bas de la première branche. Il commença à grimper, échelon après échelon, tout en appelant le chien. Linda regarda son buste s'élever lentement dans l'arbre. À travers les feuilles oscillantes, elle apercevait des fragments de sa chemise de batiste. La voix intarissable de Mme Combs lui parvenait de la maison, débitant un monologue sur l'histoire de la route devant sa propriété – la date où elle avait été goudronnée, la fréquence de son entretien, l'emplacement des deux virages sans visibilité et les détails de plusieurs accidents mineurs au cours des dernières décennies. Albin n'arrivait pas à en placer une.

Il y eut un bruissement de feuilles dans l'érable. Un chien descendit doucement, accroché à la corde par deux boucles. La tête, au pelage merle, ballotait de manière anormale. Skippy se posa délicatement sur le sol comme s'il se pelotonnait pour dormir. La corde tomba entre les feuilles, formant un tas désordonné à côté de la gamelle. Mick descendit de l'échelle et ils regardèrent le chien, blanc sale strié de marron comme un vieux break familial.

— Il était là-haut, mort depuis le début ? dit Linda.

— Il s'est brisé le cou. Sa tête était coincée dans la troisième fourche.

— Chie du feu et garde les allumettes, jura Linda. J'ai quand même besoin des votes de la famille.

— Tout ça pour ça ?

— Non. C'était un appel officiel.

— Chien dans un arbre. C'est quelle page, dans le manuel ?

— Je t'emmerde, grand frère. Faut que j'aille lui communiquer la nouvelle. La pire partie de ce boulot, c'est l'annonce d'un décès.

Elle alla à la maison et frappa à la porte. Stell et Albin sortirent. Il mangeait dans un bol en plastique bleu avec une cuillère bleue, et Linda se demanda si tout ce qu'elle possédait était de la même couleur. Stell descendit à la dernière marche du porche et se figea.

— Skippy n'a pas survécu, dit Linda.

— Il est mort heureux, dit Stell. En faisant ce qu'il aimait le plus. Poursuivre Little Joey.

— On peut l'enterrer, si vous le souhaitez.

— Non, merci, dit Stell. Je vais attendre mes petits-enfants pour le faire. S'ils ne viennent pas pour un enterrement de famille, ils ne viendront plus jamais.

Albin finit son en-cas, rapporta le bol vide dans la maison et revint. En son absence, Linda fit passer son regard du chien à Stella, avant de le poser sur une clôture décorative au fond du jardin. Un carouge à épaulettes se posa dessus, observa les humains, puis s'éclipsa. Linda aurait voulu se joindre à lui, s'envoler au loin et oublier toute la situation.

— Madame Combs, dit-elle. Souhaitez-vous que nous mettions Skippy quelque part, pour qu'il ne reste pas dans le jardin ?

— Il y a une remise là-bas derrière, dit Stell. Mettez-le où vous pouvez. Ça tiendra les corneilles à l'écart. Je vais me reposer, maintenant. N'hésitez pas à rester, si vous voulez.

Stell rentra. Mick transporta le chien de l'autre côté de la maison, suivi par Linda et Albin. Il le déposa sur un vieil établi jonché d'outils rouillés à côté d'une mue de serpent. Ils revinrent devant la maison. Mick remit l'échelle dans le coffre du taxi.

— Qu'est-ce que tu manges ? dit Linda à Albin.

— De la Blue Jell-O. Elle en prépare pour ses petits-enfants, mais ils n'aiment pas ça.

— Peut-être parce que c'est bleu, dit Linda.

— Tout est bleu dans sa cuisine – les rideaux, la nappe, les placards, la vaisselle, le lino. Même le plan de travail. J'avais l'impression d'être dans le ciel.

Tous les trois méditèrent sur cette information tandis qu'un merle d'Amérique se perchait sur l'arbre et les dévisageait. Le vent charria le parfum des fleurs de viorne.

— Il faut qu'on parle, Mick, dit Linda. En privé. Je te ramène.

— T'en fais pas, Albin, dit Mick. Je te paie la journée complète. Dépose l'échelle chez ma sœur.

Linda s'installa au volant de son 4 x 4 et regarda son frère ouvrir la portière passager, pivoter sur sa mauvaise jambe et grimper d'un bond.

— T'as l'air d'aller mieux, dit-elle.

— Mieux que Skippy.

Ils roulèrent en silence sur quelques kilomètres. Les collines à l'ouest étaient d'un vert plus sombre que les versants est.

— J'ai eu des nouvelles de Peggy, dit Linda. Elle sait que tu es là.

Mick hocha la tête.

— Deux textos et un message vocal, dit-elle.

Mick attendit la suite en silence. Ça ne présageait rien de bon.

— Elle veut se marier, dit Linda. Avec ce type à Owingsville. Elle veut que tu signes les papiers du divorce.

Tu peux les envoyer par la poste, ou bien elle passera les chercher.

— Elle était comment, à la voix ?

— Si tu veux savoir, va la voir. Moi j'arrête de jouer les intermédiaires. Je lui ai dit la même chose.

Mick hocha la tête. Quand il était sous percocet, il avait effacé les messages vocaux et les textos de Peggy, puis il les avait oubliés. Il ne voulait pas être divorcé, mais il ne voulait pas se trouver en travers de sa vie. Il l'aimait encore et l'aimerait toujours. Le bébé avait un an. Épouser le père était la bonne chose à faire.

Pour se changer les idées, Mick parcourut une des brochures électorales de Linda, un dépliant chiadé en trois volets avec des photos sur papier glacé. Elle dressait la liste de ses mérites, dont la résolution des meurtres de Nonnie Johnson et Delmer Collins l'année précédente. Mick lui avait transmis de précieuses informations sur les deux homicides.

— Joli travail, sur Nonnie, dit-il.

— Entre ça et ton arrestation, les gens ont commencé à m'apprécier davantage comme shérif.

— Le maire, le juge, tout ça ?

— Ouaip, tous les gros bonnets. Murvil Knox, aussi. C'est lui qui a payé tous ces jolis tracts et les pancartes.

— Tu fais confiance à Knox ? dit-il.

— Pas un instant. Tous ces magnats du charbon, ils mentent comme ils respirent. Le charbon, c'est fini, quoi qu'en disent les politiques. Il est en procès pour avoir rasé les montagnes. Il y a des gens qui ont perdu leur maison à cause des glissements de terrain.

— Mais tu prends son argent.

— C'est pas énorme, mais oui. Et ne va pas me dire que c'est de l'argent sale.

— Il finance probablement ton adversaire aussi.

Ils roulèrent en silence sur quelques kilomètres, laissant derrière eux un cimetière familial et un terrain clôturé pour le bétail. Linda s'arrêta deux fois à des embranchements et Mick planta des pancartes sur les bas-côtés. Au carrefour où la route croisait Big Perry, il positionna la pancarte de Linda de manière à obtenir la meilleure visibilité dans les trois directions. Elle s'arrêta devant plusieurs maisons et parla aux occupants tandis qu'il attendait dans la voiture. Deux fois, il essaya de joindre Jacky Turner, mais il n'avait pas de réseau.

— Tu as trouvé qui a tué Fuckin' Barney ? dit-elle.

— Non, loin de là. Un détail, par contre : l'héroïne qu'il avait sur lui n'était pas la sienne.

— Comment tu sais un truc pareil ?

— Ces dealers, ils marquent leurs sachets. C'était pas sa marque.

— Il est pas le seul à vendre, dit-elle.

— Non. J'ai parlé à son rival. Pas sa marque non plus. Et personne ne sait à qui elle est. Une couronne jaune. Celui qui a tué Fuckin' Barney lui a mis cette héroïne entre les mains pour faire croire à un deal. Mais il a commis une erreur. Elle vient pas du coin.

— T'es sûr de toi ?

Mick acquiesça.

— Je suis pas sûre de vouloir savoir comment t'as appris ça.

— Vaut mieux pas, frangine.

Elle fixa la route devant elle sur un kilomètre, réfléchissant à la situation.

— J'ai un pote à la police de Lexington, dit-elle. Je vais lui envoyer les photos des sachets. Peut-être qu'il reconnaîtra la couronne jaune.

— Bonne idée. Précise que c'est pas de la locale.

— Me dis pas comment faire mon putain de boulot.

— Pardon, frangine.

— Tu tournes en rond en attendant la fin de ton congé. C'est juste une façon de tuer le temps, hein ? Histoire de pas penser à Owingsville.

Mick acquiesça.

— Qu'est-ce que tu vas faire, pour la maison ? dit-elle.

— Laquelle ?

— Celle en ville. Je sais que tu aimes trop la cabane de Papaw pour t'en débarrasser.

— Je vais la laisser à Peggy, mais j'ai pas envie de la vider.

— Trop triste ?

Mick acquiesça. Il avait tendance à ignorer ses émotions, une habitude qui lui avait sauvé la vie en zone de guerre. Analyser son ressenti le rendait vulnérable, encore une émotion qu'il souhaitait éviter.

— J'ai une idée, dit Linda. On y va ensemble tous les deux et on embarque ce que tu veux.

— Je veux rien.

— Les photos de famille ? Tu voudras peut-être en avoir une dans quelques années.

— Tu peux les prendre.

— T'as pas beaucoup réfléchi à ça, hein ?

— Non, j'ai pensé à Fuckin' Barney. Je suis convaincu qu'il a été tué ailleurs, puis abandonné en ville. S'il est mort en dehors de l'agglomération, c'est ta zone de compétence.

— Merde, bordel, putain, dit-elle. J'ai pas besoin de ça en pleine campagne.

— Ça pourrait te donner un coup de pouce.

— Ou bien je serai le shérif qu'a pas réussi à choper le tueur. Putain, Mick !

— Ton langage te coûtera plus de votes que cette affaire.

— Je jure que devant toi.

Mick hocha la tête. Son grand-père et son arrière-grand-père lui avaient appris tout ce qu'ils connaissaient sur la forêt. À Linda, ils avaient appris à jurer comme un charretier. Le langage bleu, ils appelaient ça. Mick gloussa à ce souvenir.

— Qu'est-ce qui te fait marrer ? dit Linda.

— Rien. Toi, tu t'occupes de ma maison, et moi j'enquête sur Fuckin' Barney.

— Et ça, c'est pas un gros mot ?

— Non, pas si c'est son nom. Si tu parles à sa mère, fais gaffe de dire juste "Barney". Elle veut que tout le monde l'appelle comme ça, maintenant.

— Tu plaisantes.

— Non. C'est comme une promotion post-mortem. Une médaille posthume.

— Tu es trop proche de cette famille, dit Linda. Ils te paient ?

— Mme Kissick me l'a proposé. Mais je peux pas accepter son argent.

— Ça n'a aucun sens. Deux maisons où tu vis pas et tu travailles gratos.

— C'est pas faux. Peut-être que je devrais être candidat, moi aussi. C'est quoi l'histoire de l'autre en face ?

— Gerald Fisher. Plus âgé que moi. Quatre ans à la police du campus et cinq chez les municipaux. Bonne famille. Les gens l'aiment bien.

— Pourquoi il a quitté les municipaux ?

— C'est pas très clair. Le maire a nommé un nouveau chef et Gerald est parti. L'histoire veut qu'ils pouvaient pas se saquer. Tu sais comment sont les hommes.

— Tu penses que c'est autre chose ?

— Ça pourrait, dit-elle. Il est connu pour ses comportements déplacés avec ses collègues femmes.

— Déterre des infos et utilise-les contre lui.

— Je ne veux pas jouer cette carte-là.

— Ça fonctionne.

— Pas pour moi. Clairement pas. Je fais campagne sur mon bilan.

— Avec l'argent de Knox.

Elle pinça les lèvres et agrippa le volant, les épaules courbées par la tension. Mick se dit qu'il était allé trop loin. Pas grave, en général c'était l'inverse. Ce n'était qu'une goutte d'eau par rapport à toutes les fois où elle l'avait sermonné.

Linda roula jusqu'à Rocksalt et le déposa chez elle.

— À plus, dit-elle. Je vais faire un saut chez les filles de Mme Combs.

Mick hocha la tête et appela Jacky, qui l'informa qu'il allait récupérer les pièces et commencerait à travailler sur le pick-up le lendemain. Mick raccrocha et fit une sieste.

11

Le lendemain matin, Mick marcha trois kilomètres, puis il enchaîna sur un footing de six kilomètres et un sprint sur Lyons Avenue. Sa jambe ne le gênait plus. Ses muscles et son souffle revenaient. Linda était déjà partie et il petit-déjeuna d'un yaourt et d'un fruit. Sans le percocet, il rêvait davantage. Cette nuit-là, il s'était réveillé en sursaut, trempé de sueur, en voyant le visage de l'ennemi qui avait déclenché la bombe artisanale.

Il appela Albin et ils roulèrent jusqu'à la cabane. Jacky s'était assez bien débrouillé pour dégager la route – les petits buissons et les mauvaises herbes avaient disparu, et les arbustes étaient coupés. L'argile jaune ressortait par endroits, mais il avait réussi à laisser assez de végétation basse pour empêcher la terre d'être emportée à la première grosse pluie. Le capot du pick-up était soulevé et Jacky était plongé dans le compartiment moteur, un pied en équilibre instable sur un seau renversé, l'autre jambe s'agitant doucement en l'air pour faire contrepoids. En entendant le taxi, il revint sur la terre ferme. Il tenait une clé à molette et portait une salopette bleu clair à rayures verticales, maculée de graisse.

— Filtre à huile, dit-il, filtres à air, courroies, bougies, tête de Delco, durites. Quand j'aurai terminé, cette beauté filera comme un chien ébouillanté.

— Combien de temps ?

— Trois jours, ça devrait le faire.

— Et les pneus ? dit Mick.

— Je m'y suis pas encore mis. Quatre tout neufs là-bas.

Il désigna une pile de pneus derrière le pick-up.

— Comment t'as payé tout ça ? dit Mick.

— J'ai donné ton nom au magasin de pièces et au vendeur de pneus.

— Si tu utilises une carte de crédit, je peux te rembourser en liquide.

— J'en ai pas, dit Jacky. Je crois pas aux cartes. Ça regarde personne comment je dépense mes sous. Je veux pas finir sur un gros ordinateur du gouvernement, transformé en une série de chiffres.

Mick hocha la tête et entra dans la cabane, qui était aussi ordonnée que lorsqu'il l'avait quittée. Plusieurs cartons étaient empilés au milieu du salon. Le lit de son grand-père était défait. Une valise ouverte contenait un tas de vêtements. Il ressortit. Les jambes de Jacky dépassaient du compartiment moteur, le reste de son corps plongé à l'intérieur. Satisfait des progrès de Jacky, Mick rentra dans le taxi. Albin négocia la route, qui tenait plutôt de la grosse piste, pour descendre la colline escarpée jusqu'au bitume. Son allure était inhabituellement lente.

— Quelque chose te tracasse ? dit Mick.

— Ouais.

— À propos de Jacky ?

— Nan. C'est cette gamelle sous l'arbre hier. J'arrête pas de la voir dans ma tête. Cette vieille dame qu'essaie de nourrir un chien sans savoir qu'il est mort. C'est la chose la plus triste que j'aie jamais vue.

— Elle ne m'a pas semblé si contrariée que ça pour Skippy.

— À moi non plus. Je ne connaissais pas ce chien. Mais je connais la bouffe pour chien, et ça m'a déprimé.

Mick regarda le paysage défiler en silence. Tendant le bras par la fenêtre, il attrapa une cosse accessible sur un érable. Enfant, il les appelait des "hélicoptères", en raison de leur vol en hélice. Il préleva la graine et la mangea. L'intérieur de la cosse était humide et il la fixa soigneusement sur son nez. Albin le remarqua et éclata de rire.

— On va où, chef ? dit-il.

— À l'université. J'ai rendez-vous avec la géologue à trois heures.

— On a du temps. Vous voulez manger un bout ?

Une heure plus tard, ils finissaient un burger-frites sur une table de pique-nique devant le Dairy Queen. Ils avaient posé des cailloux sur les serviettes pour les empêcher de s'envoler. Des centaines de personnes avaient gravé leurs noms sur la table, les plus anciennes inscriptions étaient recouvertes de plusieurs couches de vernis. Trente ans d'archives de clients côte à côte, comme des cunéiformes. Albin désigna son nom d'un air triomphal, gravé six ans plus tôt.

— Là bon Dieu, dit-il. J'étais assis juste là avec Ida Gayheart. Elle mangeait une glace Blizzard goût barre chocolatée, moi un sundae caramel.

— Sacrée mémoire, Albin.

— J'ai vécu toute ma vie dans le comté d'Eldridge. Y a pas grand-chose à oublier.

Mick hocha la tête. Il avait tendance à se souvenir des choses qui le rendaient triste – le deuil et le chagrin, les fautes et les faux pas. Il se demanda si c'était juste qu'il n'avait pas de bons souvenirs, ou s'il était incapable de se les remémorer. Enfant, il mourait d'envie d'aller au Dairy Queens, mais personne ne l'y emmenait. Maintenant qu'il y était enfin allé, c'était décevant. Il pensa à sa presque ex-femme et à l'enfant qu'elle élevait, et il espéra qu'elle emmènerait la petite au Dairy Queen d'Owingsville. Il chassa ces pensées.

Albin parlait encore d'Ida Gayheart, de qui elle avait épousé, d'où elle vivait, et du nombre d'enfants qu'elle avait.

— Allez, on y va, dit Mick.

Le Dr Harker était seule dans son bureau. Il s'installa dans la chaise visiteur et elle s'assit à son bureau, en le regardant droit dans les yeux. Ils s'en tinrent au minimum de banalités.

— Vous avez eu le temps d'examiner la terre ? dit-il.

— Oui, et il y a une anomalie. L'analyse est simple. C'est de l'argile locale, avec une lourde composante de calcaire.

— Lourde ?

— Pas en terme de poids. Lourd dans le sens, plus que la normale. Il y a beaucoup de calcaire dans les parages, mais le ratio est très élevé dans cet échantillon. Et le calcaire est poudreux.

— Comme de la poussière dans une allée de gravier ?

— Oui et non. Le calcaire à usage domestique a une forte densité, ce qui signifie qu'il contient de petits graviers et de la poussière. Ça lui permet de mieux accrocher aux surfaces et de tenir plus longtemps. C'est moins instable en cas de pluie. Celui-ci est plus pur. Le genre de poudre qu'on trouve dans une carrière. La plus proche est dans le comté de Bourbon, à environ une heure d'ici. Mais la poussière venant de là-bas contiendrait la trace des machines utilisées pour l'extraire. De l'huile. Du fioul. Des éclats de métal.

Elle s'enfonça dans son fauteuil, haussant légèrement les sourcils. Mick comprit qu'elle attendait une question de sa part. Faire miroiter une information était une méthode basique d'interrogatoire, qu'il avait employée à de nombreuses reprises en Afghanistan et en Irak. Cela signifiait qu'elle avait une idée en tête. Il décida de jouer le jeu.

— Mais il y avait quelque chose, quand même ?

— Non, rien. C'est ça qui est étrange. J'ai demandé à un collègue de l'examiner, un chimiste. D'où venait cette terre ?

— Des bottes du mort.

— Comment est-il mort ?

— Par balles.

— Qu'est-ce qu'il faisait ? dit-elle. Votre mort.

— Il vendait de l'héroïne.

— Toute cette peine pour un dealer ?

— Son métier n'a pas d'importance. Je ferais pareil pour vous.

— Il y a une récompense, quelque chose ?

— Non, je travaille *pro bono*.

— Pourquoi ? dit-elle.

— Je n'ai rien de mieux à faire.

Elle éclata brusquement de rire, son visage se muant en celui d'un enfant en proie à un fou rire incontrôlé. Alors que ses traits se détendaient, il remarqua de petites rides autour de sa bouche et de ses yeux, et comprit qu'elle riait souvent, mais peut-être pas dans son bureau avec un inconnu. Elle se leva et tendit la main.

— Je vous appelle dès que j'ai les résultats du labo, dit-elle.

— Merci, dit-il avant de partir.

Dehors, il trouva Albin en train de fumer une cigarette, planté nonchalamment devant une volée de marches en briques, comme s'il posait pour une photo. Il s'était brossé les cheveux. Le taxi était garé un demi-bloc plus loin. Mick comprit qu'il avait mis son travail à distance pour impressionner deux étudiantes qui marchaient sur le trottoir opposé. Quand elles furent passées sans le remarquer, Albin traversa la rue et choisit un nouveau poste. Mick entendit des pas derrière lui et il se décala pour laisser passer une jeune femme avec un sac à dos, un téléphone dans sa poche revolver et une queue-de-cheval passée à travers un trou dans sa casquette. Elle sourit à Mick. Albin jeta sa cigarette et rejoignit Mick.

— Chou blanc ? dit Mick.

— C'est comme si elles me voyaient pas. Je sais pas pourquoi. Je suis pas mal, non ? Vous trouvez pas ?

— T'es un champion, Albin.

— C'est mes cheveux ?

— Non, dit Mick. C'est tes pompes. Les femmes regardent les chaussures des hommes.

— Elles sont bien pour conduire.

— Ben, t'es pas au volant, là, si ? T'es en train de pleurnicher.

— Je pleurniche pas. Je montre la marchandise. Pas ma faute si elles savent pas ce qu'elles loupent. J'ai un travail et je vis seul.

Mick songea à ces avantages simples. En un sens, lui-même n'avait ni l'un ni l'autre. Son téléphone vibra. L'écran annonçait JB, et il répondit.

— Salut, Johnny Boy.

— Linda m'a dit de t'appeler. Elle a un homme mort, elle te veut sur place.

— Où ?

— Du côté de Rodburn Holler. Elle a dit que tu verrais les voitures.

Dix minutes plus tard, Albin dépassait une nouvelle école primaire sur l'emplacement de l'ancien drive-in, lui-même construit sur une ancienne décharge. Albin prit à gauche sur Rodburn Road, une voie unique goudronnée, sans fossé. Un côté du vallon était plongé dans l'ombre la moitié de la journée, puis l'autre côté. À midi seulement la route était en plein soleil.

12

Johnny Boy arriva le premier, vit le corps et eut aussitôt la nausée. Pour éviter de contaminer des preuves, il courut vomir dans les bois. À la rivière, il aspergea ses vêtements d'eau, puis il se planta au soleil en espérant que les zones humides sécheraient avant qu'on ne les remarque.

Deux policiers municipaux arrivèrent, puis Linda. Elle ne mentionna pas ses vêtements mouillés, mais se concentra sur le corps. Il était allongé face contre terre dans une étendue de trèfle. Le dos de la chemise était maculé de sang séché.

— Une idée de qui ça peut être ? dit-elle.

— Ça pourrait être n'importe qui. Habillé comme nous tous. Jean, bottes, chemise de travail.

— Je vois ça, Johnny Boy.

— J'observe la scène de crime, shérif.

— Tu as observé autre chose ?

Il désigna une trois-portes.

— Cette voiture, là-bas.

— Tu la connais ? dit-elle.

— Non. C'est une Ford. La moitié du comté roule en Ford. Ça pourrait être un pique-niqueur. Ou des jeunes en balade qui fument de l'herbe.

Un policier municipal se joignit à eux, un homme plus âgé avec un badge brillant sur sa chemise noire qui indiquait SGT. BLEVINS. Johnny Boy les connaissait, lui et sa femme, depuis des années.

— Salut Faron, dit-il.

Faron le salua du menton.

— Comment va Brandi ? demanda Johnny Boy.

— Bien. Elle a lancé sa boutique en ligne, elle vend des nichoirs. Toutes sortes de modèles. Et du sur mesure, aussi.

— Un nichoir sur mesure ?

— Le plus souvent, les gens veulent une réplique de leur maison. Ou de leur église. Ils envoient une photo par mail. Brandi fabrique le nichoir et elle le peint à l'identique.

— Ça rapporte ?

— Pas encore, dit Faron. Pas assez, en tout cas, mais ça l'occupe et elle aime ça. Toi, Linda, ça va ?

— J'en ai ma claque de planter des pancartes, dit-elle.

— Je les vois partout.

— Tu penses que c'est qui, là par terre ? dit-elle.

— Je sais pas encore, dit Faron. On attend l'arrivée de Marquis. On peut pas toucher le corps jusqu'à ce qu'il constate le décès. Il est mort, en tout cas. J'ai vérifié sa jugulaire. Rien.

— Et cette voiture ?

— Pas de plaques, pas d'immatriculation, dit Faron. Ça pourrait être un marginal.

— Ou bien quelqu'un essaie de nous ralentir, dit Linda.

Ils scrutèrent le corps en silence. Malgré le ton badin, on sentait une frustration palpable, comme un cheval qui ronge son frein, prêt à bondir. Ils ne pouvaient pas commencer leur travail avant que Marquis ait fait le sien, ce qui dépendait de ses obligations au funérarium. L'embaumement n'était pas une tâche qu'on pouvait remettre à plus tard. Ni expédier en vitesse. S'il y avait une cérémonie, il risquait de ne pas arriver avant plusieurs heures.

Un moteur gémit dans la pente, et ils se tournèrent pour voir Chet Logan, le chef-adjoint du département de police de Rocksalt, descendre lentement du véhicule. C'était un homme imposant qui avait été blessé par balle en service et se déplaçait lentement. Tout le monde l'appréciait, même les gens qu'il mettait en détention. Il était pressenti pour devenir chef dans un futur proche.

— Faron, dit-il. C'est toi le plus gradé ici ?

— Oui, chef.

— On a un petit problème, dit Chet. Linda, il faut que tu entendes ça aussi. Le chef veut qu'on revérifie la zone de compétence. La limite de la ville passe juste ici. On ne sait pas avec certitude si le corps se trouve dans la ville ou dans le comté.

— Il est soit à vous, soit à moi, dit Linda. C'est ça ?

— À peu près, oui. Le chef nous envoie un géomètre avec un plan cadastral. La limite n'est plus très claire avec toutes ces nouvelles constructions.

Une autre voiture arriva, et tout le monde se tourna vers le bruit, pensant qu'il s'agissait de Marquis ou du géomètre. Au lieu de quoi, c'était un taxi.

— C'est Albin, non ? dit Faron. C'est qui avec lui ?

— Mon frère, dit Linda.

— Ça fait quinze ans que je l'ai pas vu, dit Chet.

Ils regardèrent Mick approcher, ses bottes glissant sur l'herbe sans un bruit. Plus petit que tout le monde, Linda comprise, il dégageait une impression de puissance contenue. Il adressa un signe de tête au groupe.

— Salut, Mick, dit Chet. Ben alors, on donne pas de nouvelles ?

Mick lui offrit un léger tressaillement du visage en guise de sourire.

— Salut Chet, dit-il. Ça roule ?

— Ça allait mieux avant ça. On sait pas qui c'est, et on peut pas le toucher. Qu'est-ce que tu fais ici ?

— Je lui ai demandé son avis, dit Linda. Il s'occupe des homicides à l'armée. Enfin, si le corps est dans le comté.

Johnny Boy regarda le ciel. Un vautour spiralait dans un courant thermique. Il était arrivé au corps plus rapidement que le légiste.

— Je connais cette Taurus rouge, dit Mick. Elle est à Mason Kissick. J'étais dedans l'autre jour. Je parie que c'est votre corps. Un mètre soixante-dix avec les cheveux clairs. Cicatrice à l'arrière de la main gauche en forme de L.

— Tu te rappelles tout ça ? dit Faron.

— Ouais. Je me rappelle trop de choses, ces derniers temps.

Chet fit un signe du menton à Faron. Faron s'approcha du corps, avançant précautionneusement pour éviter toute herbe ployée qui pourrait constituer une preuve. Le bras gauche était tendu, paume vers le bas.

— Ouaip, dit Faron. En forme de L, comme s'il s'était coupé avec du verre.

Le géomètre du comté arriva avec de grands rouleaux sous le bras, suivi par Marquis dans son costume bon marché, qui portait une sacoche médicale en cuir. Johnny Boy se détourna immédiatement. Marquis était un type sympa, toujours prêt à participer aux activités de la communauté, mais Johnny Boy avait peur des fantômes et il était convaincu que Marquis entretenait avec eux des relations professionnelles.

Marquis s'avança vers le corps, constata le décès et attendit qu'on lui prête main forte. Mick l'aida à rouler le corps sur le dos. L'homme avait pris une balle dans la gorge et une dans la poitrine. Sa tâche funeste accomplie, Marquis s'éloigna de quelques pas, restant dans le soleil éclatant qui venait de l'ouest.

— C'est Mason Kissick, dit Mick. Je connais la famille.

— On connaît tous cette fichue famille, dit Chet.

— Je peux leur annoncer la nouvelle, dit Mick.

— Ça serait pas officiel, dit Chet.

— Tu as raison, dit Linda. Et si je nommais mon frère adjoint juste le temps qu'il aille parler à Shifty ? C'est le deuxième fils qu'elle perd cette semaine. Mick est copain avec elle.

Chet haussa les épaules et attendit Mick.

— Pourrait y avoir un conflit d'intérêts, dit Mick.

— Quel genre de conflit ? dit Faron.

— J'ai autorité sur les militaires, mais pas sur les civils.

— Tu es le seul soldat ici, dit Faron. C'est pas comme si t'allais t'arrêter toi-même.

— Linda s'en est déjà chargée, dit Chet.

Il rit et tout le monde l'imita, Mick compris.

— Je veux pas aller là-bas, dit Johnny Boy. On était potes au lycée avec Mason.

— OK, dit Linda. Mick est temporairement nommé adjoint pour annoncer le décès, mais pas pour procéder à des arrestations.

Un long silence collectif indiqua l'assentiment et Albin conduisit Mick chez les Kissick. Mick regarda le paysage défiler, pensant au printemps en général – les collines débordant de vie nouvelle, une énergie invisible poussant les bourgeons vers le soleil. La saison avait comme un arrière-goût de mélancolie. Chaque année, la terre se régénérait tandis que l'humanité vieillissait. La beauté de la nature cachait sa brutalité inhérente, mais les gens étaient mis à nu.

Albin se gara dans le jardin. Mick descendit de voiture et traversa lentement l'herbe pâle parsemée de violettes et de pissenlits. Il tapa du pied sur le porche pour faire savoir à Mme Kissick qu'elle avait un visiteur, puis il frappa à la porte, attendit une minute et frappa plus fort. Peut-être qu'elle était à l'arrière ou dans la salle de bains. Il frappa une troisième fois.

— Madame Kissick, cria-t-il. C'est Mick Hardin. Je peux entrer une minute ?

Il entendit une voix de femme mais pas de mots, ce qu'il interpréta comme une invitation. Il ouvrit la porte. Mme Kissick était assise dans son fauteuil en coin, son petit revolver sur une table d'appoint à côté d'une tasse de café. Elle tenait un fusil .410 braqué sur le ventre de Mick. Le canon scié avait la taille d'un antique pistolet à silex, mais en plus mortel. Elle tenait un téléphone dans son autre main.

— C'est lui ? dit-elle.

— Oui, madame. Mason est mort.

Les gens croyaient que les poussées de croissance étaient l'apanage de l'enfance, mais il la vit vieillir d'un coup, les années s'amassant sur la peau de son visage. C'était un spectacle horrible. Elle agita le canon du fusil pour l'inviter à s'asseoir sur le canapé. Il se déplaça avec les plus grandes précautions, et elle posa l'arme sur ses genoux.

— La terre du cimetière est pas encore tassée, dit-elle, que je dois déjà creuser un nouveau trou.

— Vous avez besoin de quelque chose ?

— J'ai besoin de mes enfants.

— Quelqu'un que je pourrais appeler ? Qui pourrait rester auprès de vous.

— J'ai appelé ma fille et mon fils. Mon dernier garçon.

Son visage gris s'adoucit et il crut qu'elle allait pleurer, mais son expression se durcit comme de l'argile dans un four. Il détourna le regard pour éviter de provoquer sa colère.

— Il s'appelle comment ? dit-il doucement. Le garçon à qui vous avez téléphoné.

— Raymond. On l'appelle Ray-Ray.

— Il habite où ?

— San Diego.

— C'est pas la porte à côté, dit-il.

— Il arrive demain.

Mick hocha la tête. Elle n'avait pas bougé depuis qu'il s'était assis, mais elle contemplait une zone lointaine connue d'elle seule, ce que les anciens combattants appelaient "un regard à mille mètres". Un regard vide, dans le vague. Peut-être voyait-elle Mason et Barney enfants, ou bien rien du tout.

— Madame Kissick, dit-il. Est-ce que je peux vous apporter un café ?

Elle ne répondit pas, et il alla à la cuisine. Les appareils étaient neufs, contrastant avec le lino défraîchi, usé jusqu'à la trame devant l'évier et la cuisinière. Il versa deux tasses de café et les apporta dans le salon. Elle était aussi immobile qu'une statue. Il avança dans son champ de vision en décrivant un cercle plus large que nécessaire et posa son café à côté du téléphone.

— Voilà, dit-il.

Elle le remercia d'un signe de tête et but une gorgée. Ses yeux se focalisèrent à nouveau sur lui.

— Si ça vous embête pas, dit-il, j'aimerais vous poser quelques questions. Ça m'aiderait à savoir qui a fait ça.

— Tuer Mason, tu veux dire ?

— Oui, madame.

— Très bien.

— On a trouvé sa voiture, dit Mick. Vous saviez où il était ?

— Rodburn Holler.

— Oui, madame. Je veux dire avant ça. Où est-ce qu'il était allé ?

Elle porta la tasse de café à son front pour se réchauffer le visage. Mick entendit le tintement d'une pendule, le vrombissement du réfrigérateur. Elle but une nouvelle gorgée. Sa tête ploya vers sa poitrine et elle ferma les yeux. Une ligne de larmes coula sur son visage. Elle l'ignora et parla dans un murmure.

— Je l'avais envoyé, dit-elle.

— Où ?
— Récupérer la came de Barney.
Elle prit une profonde inspiration et but une nouvelle gorgée.
— On est dans un sacré bourbier, dit-elle.
— Peut-être que je peux aider.
— Personne peut nous aider.
— Parlez-moi.
Elle porta la tasse à sa bouche et but comme un oiseau, puis avala le reste d'un trait. Son corps se raidit, et elle regarda le fusil comme si elle avait oublié sa présence. Elle le cala contre le mur et posa la tasse sur la table.
— Barney faisait venir la came de Detroit, dit-elle. Charley Flowers la livrait une fois par mois. Barney payait à réception. Ils ont fonctionné comme ça quelques années. Barney était malin. Il…
Sa voix s'étrangla, empreinte de chagrin.
— Il quoi, madame Kissick ? Il s'est passé quelque chose ?
— Avec Charley Flowers, ils ont passé un marché.
— Un autre ?
— Barney était sur un coup, une grosse vente. Il disait que c'était son dernier deal, qu'il allait raccrocher. Il a payé la moitié en cash et devait régler le reste après avoir écoulé la marchandise.
— Vous savez à qui il allait vendre ?
— Non, il m'a jamais dit.
— Est-ce que le deal a capoté ?
— Non, le problème était qu'il ne savait pas où stocker autant de matos. Normalement, il aurait séparé tous les petits sachets à droite à gauche. Mais il voulait tout garder

au même endroit pour la grosse vente. Pas ici, pas dans une voiture, une remise ou quoi que ce soit.

— C'est quoi, votre problème ?

— Charley Flowers veut le reste de son argent. Il m'a appelée.

— Il a votre numéro ?

— Oui. Il m'est arrivé de lui parler. Quand Barney avait pas de réseau, je faisais passer les messages entre eux.

— Combien d'argent ?

— Deux cent mille.

— Vous lui avez dit que Barney était mort ?

— Il s'en fichait. "Une dette est une dette", il a dit. Moi, cet argent, je l'ai pas.

Mick réfléchit en silence. Il ne pensait pas que Charley Flowers était derrière les meurtres – ça n'avait aucun sens de tuer un revendeur avant d'avoir l'argent. Il était possible que quelqu'un d'autre ait entendu parler de l'héroïne. Peut-être que ce quelqu'un avait tué Mason et l'avait prise. Ou peut-être qu'il la cherchait encore.

— Madame Kissick, dit-il. Est-ce que Mason savait où était l'héroïne ?

Elle acquiesça, son regard errant par la fenêtre. Des nuages obscurcissaient le ciel au-dessus des arbres, le teintant d'un gris morne. Mick était en train de la perdre.

— C'est Barney qui lui a dit où elle était ? dit-il.

— Non, c'est moi.

Elle resta silencieuse près d'une minute. Mick comprit qu'elle voulait parler, qu'elle se préparait à dire quelque chose d'important. Il avait vu cette même hésitation lors de ses interrogatoires dans le désert. Il fallait de la patience et du tact de sa part, en plus d'un bon timing.

Il s'accroupit par terre devant elle, veillant à ce que sa tête soit plus basse que la sienne, puis il leva les yeux vers elle.

— Comment vous saviez où Barney cachait l'héroïne ?

Sa voix était un murmure rauque.

— C'est moi qui lui ai soufflé la planque, dit-elle. Les vieilles Mushroom Mines. Il l'a cachée là-bas il y a environ un mois. Elle est dans une valise bleue, qui appartenait à ma tante.

— Pourquoi là-bas ?

— C'est grand. Tout le monde a peur d'y aller.

Il regarda son esprit s'éloigner de la conversation, contempler un point à mi-distance, peut-être dans le souvenir de temps plus heureux, avant la perte de ses fils. C'était maintenant le moment pour Mick d'insister, de profiter de sa vulnérabilité pour obtenir plus d'informations. Au lieu de quoi, il ouvrit le téléphone de Shifty et lui demanda le numéro de Charley Flowers. Elle lui donna un indicatif en 313. Il tapa les chiffres dans son propre téléphone et la regarda de nouveau, une dame grisonnante avec deux petites armes et personne pour la protéger.

13

Le vieux stepside était dans le jardin, capot soulevé et vitres baissées. Jacky Turner fit tourner le moteur, en quête de bruits bizarres qui nécessiteraient des ajustements. Il avait effectué deux allers-retours entre la cabane et le bitume en bas de la colline, puis il avait resserré la suspension. Satisfait, il coupa le moteur et revint à son projet principal : des portières de voiture autoréparantes fabriquées en nitinol.

Il en avait eu l'idée à partir d'une marque de trombones qui pouvaient ployer et se tordre, mais qui retournaient à leur forme initiale lorsqu'on les plongeait dans de l'eau bouillante. Jacky s'était dit que le passage de la voiture endommagée dans une station de lavage très chaude permettrait de supprimer les égratignures. Au pire, on pouvait utiliser un sèche-cheveux. Le problème était de dégoter une quantité suffisante de nitinol pour les expérimentations.

Trois projets secondaires en étaient encore aux phases préliminaires – un système pour empêcher les Pringle de se casser, une méthode pour ouvrir facilement les gaines en plastique rigide autour des piles neuves, et un emballage pour ampoule plus performant que du carton rembourré et ouvert des deux côtés. Il entendit une voiture grimper la colline. Un taxi arriva en haut de la crête et s'arrêta à l'accotement où le jardin se fondait dans les bois. Jacky fut envahi par l'espoir fou que le véhicule contienne un représentant du bureau des brevets. Mais ce n'était que le propriétaire des lieux, qui quitta la voiture et traversa le jardin.

— Salut, Jacky, dit Mick. Comment va le pick-up ?

— Il file comme une machine à coudre. Faut mettre le plein.

— T'as assez chaud la nuit ?

— Ouais. Je me suis fait un petit feu dans le poêle. Deux trois bûches, et je suis bien. J'ai trouvé une hache dans la remise. Tu sais que la hache est une machine simple, n'est-ce pas ? Il y en a six, mais j'ai pensé à une septième.

— Un ressort ? dit Mick. Comme ton escalator magique ?

— Non, le ressort ne change aucune force. Je suis sur autre chose. Toujours en phase de recherche, si tu vois ce que je veux dire.

— Confidentiel ?

Jacky acquiesça, heureux de voir que Mick comprenait la sécurité nécessaire à cette phase de développement.

— Donc tu avances bien, quoi, dit Mick.

— Tranquillement. Pas de distractions. T'as un serpent noir qui vit sous le porche, mais on s'entend bien.

— C'est Roscoe, dit Mick. C'est le serpent de la maison depuis dix ans. Avant lui, sans doute sa mère ou son père. À l'époque, je le nourrissais de bébés chauve-souris.

Ils contemplèrent le porche quelques minutes, chacun pensant à Roscoe en dessous, qui se reposait, digérait ou se préparait à la chasse. Le seul inconvénient des serpents noirs était qu'il leur arrivait de décider d'hiberner avec des vipères cuivrées. Ils ne pouvaient pas se reproduire entre eux, mais ils se blottissaient ensemble pendant les longs mois d'hiver. Leur apparence duale au printemps pouvait être déroutante.

Mick s'arrangea avec Jacky pour qu'il reste dans la cabane une semaine de plus, par précaution. Il paya Albin, lui donna une prime et le congédia. Après avoir jeté un dernier regard à la cabane qu'il aimait, Mick monta dans le pick-up et descendit la colline. Il effectua quelques virages rapides pour tester la direction, puis il vérifia les freins et l'accélération. Cela faisait des années que le vieux pick-up n'avait pas aussi bien tourné. Une fois sur le bitume, Mick eut assez de réseau pour appeler sa sœur, qui attendait toujours la décision du géomètre. Elle ne savait pas grand-chose sur les Mushroom Mines, mais elle lui suggéra de s'adresser à Johnny Boy, qui avait grandi pas loin.

Mick roula jusqu'au bureau du shérif. La nouvelle opératrice, Sandra Caldwell, se présenta.

— On ne s'est pas déjà rencontrés ? dit Mick.

— Pas vraiment. Je t'ai vu ici il y a quelques jours. Linda m'a dit qu'elle t'avait nommé adjoint. Il te faut un badge ?

— Non, merci, c'est temporaire. C'est peut-être même déjà fini.

— C'était rapide, dit-elle.

Elle sourit, le bout de sa langue visible sous une légère surocclusion. Ses oreilles étaient petites et nues, ses cheveux bruns maintenus par une barrette jaune renforcée par plusieurs épingles.

— Tes épingles, dit-il. Elles sont à l'envers.

— Quoi ?

— La partie plate est censée être en haut. Comme ça, les petites dentelures s'accrochent mieux au cuir chevelu. Ça évite qu'elles glissent.

— Comment tu sais un truc pareil ?

— J'ai appris ça un jour par hasard, dit-il. Ça m'est revenu quand j'ai vu les tiennes.

— Merci, dit-elle. C'est agréable d'être remarquée.

Mick hocha la tête.

— Autre chose ? dit-elle.

— Il faut que je voie Johnny Boy.

— Je veux dire, que tu aurais remarqué chez moi ?

Elle le regarda avec une expression chaleureuse qui le mit mal à l'aise. Il l'étudia au cas où il aurait loupé quelque chose, mais ne voyait pas ce qu'elle voulait dire. Il fit brusquement volte-face et entra dans le bureau de l'adjoint, une petite pièce encore rétrécie par les rangées d'armoires métalliques sur les quatre murs. Johnny Boy fusilla Mick du regard en le voyant s'installer sans y être invité dans le fauteuil visiteur.

— Ton cousin a remis le pick-up sur pied, dit Mick.

— Il est capable de retaper n'importe quoi. Comment ça va, chez les Kissick ?

— Mal. Son fils va débarquer.

— Raymond. À peu près ton âge. Il s'est engagé et on l'a plus revu depuis. Y en a qui ont cru qu'il avait été tué en Afghanistan, mais en fait non.

— C'est de cette mémoire dont j'ai besoin, Johnny Boy.

— Sur les Kissick ? Tu en sais autant que moi.

— Non, sur les Mushroom Mines.

— La première fois que je suis entré dedans, j'avais huit ans. J'avais une lampe torche et du fil enroulé autour d'un bâton, comme des gamins à la télé. La lampe était trop faible et le fil trop court. Quelques années plus tard, j'ai commencé à y retourner. On racontait qu'y avait un grand étang à l'intérieur et je me disais qu'il y aurait peut-être des poissons albinos. J'avais lu des trucs sur eux.

— Il y en avait ?

— Pas un seul.

— C'était une mine de quoi ? D'argile ?

— Non, ça n'a jamais été une mine. C'était une carrière de calcaire. Il y a plein de tunnels et de grandes salles. Quand je dis grandes, elles sont immenses. Ils charriaient la roche à dos de mule. La carrière tournait vingt-quatre heures sur vingt-quatre, sept jours sur sept. Le dimanche, ils célébraient la messe dedans. Une histoire assez intéressante, si tu veux l'entendre.

Mick opina.

— Après la Deuxième Guerre mondiale, la carrière est restée inoccupée une vingtaine d'années. Ensuite, une bande d'agriculteurs s'est associée à des hippies et ils ont commencé à y faire pousser des champignons.

— Des hippies ? dit Mick. Ici ?

— Ils ont débarqué dans les années 1960. D'abord sous Johnson, avec le programme VISTA, la guerre contre la pauvreté, tout ça. Quelques-uns sont restés. Ils avaient fondé une communauté. Le vallon des hippies, c'est comme ça que tout le monde l'appelait. Ils se trimballaient à moitié à poil la moitié du temps.

— Ils faisaient pousser des champignons ? dit Mick. Hallucinogènes ?

— Non, des normaux. Il y avait un malin dans l'organisation. Ils ont obtenu des fonds publics pour niveler les sols et installer un système de ventilation. Noir comme dans un four, humide comme pas possible et jamais trop froid ou trop chaud. C'était parfait pour des champignons. Et pas cher, en plus. Ça payait pas de mine, mais c'était rentable.

Mick salua les velléités d'humour de Johnny Boy d'un signe de tête.

— Attends, ça s'arrête pas là, dit Johnny Boy. Les grosses fermes équestres de Lexington nettoient leurs écuries deux fois par jour. Elles payaient les éleveurs de champignons pour les vider. Deux fois par semaine, ils rapportaient une cargaison dans la vieille carrière et en remplissaient plusieurs salles. Ils se sont mis à vendre leur production. Comme je disais, c'étaient des malins. Ils louaient la carrière pour une bouchée de pain et se faisaient payer pour le fumier. L'affaire leur a rapporté plein d'argent pendant quatre ans environ. Ensuite ça a fermé. Ils ont jamais donné de raison, mais les ragots allaient bon train.

— Quel genre de ragots ?

— Le genre sale, dit Johnny Boy. Vraiment sale.

Une chaise racla le sol dans le hall. Sandra toqua à la porte et apparut dans l'encadrement.

— Je dois filer, dit-elle. Il faut que je dépose des anti-cholestérol à ma tante.

— OK, dit Johnny Boy. Je garde la boutique.

— Vous parliez des Mushroom Mines, non ? Mon grand-oncle a travaillé là-bas.

— Il est encore en vie ? dit Mick.

— Oh ouais. Il est plus dur qu'une nuit en taule.

— J'aimerais lui poser quelques questions, si c'est possible.

— Plus tard, peut-être, dit-elle. Je peux pas être en retard.

Elle s'en alla. Johnny Boy l'observa, puis il éprouva une gêne et jeta un regard à Mick.

— C'est une bosseuse, dit Johnny Boy. Et elle aide sa famille.

Mick hocha la tête. C'étaient les plus beaux compliments dans les collines, ce qui signifiait que Johnny Boy l'appréciait plus qu'il n'en laissait paraître.

— La carrière, dit Mick. Autre chose ?

Johnny Boy ouvrit une des armoires gris acier et en sortit un dossier effiloché sur les bords et décoloré. Il était étonnamment épais. Johnny Boy mit les premières pages de côté et étudia le reste.

— Il y a seize ans, une grosse boîte de Californie l'a rachetée. Ils ont jugé que c'était un bon endroit pour le stockage de données. Une seule route d'accès. Les salles étaient déjà là. Les tunnels sont assez gros pour faire passer des voitures. Huit mètres de hauteur sous plafond. Ils ont rebaptisé le site "Stone Mountain Ultra-Secure Dataplex". Le nom a pas pris dans le coin.

Johnny Boy parcourut les pages, puis il lut à voix haute.

— Voyons voir. Ça dit "quatre hectares de stockage souterrain de données. Une installation neutre vis-à-vis des opérateurs". Je sais pas ce que ça veut dire.

— Ça veut dire indépendante des fournisseurs de réseaux. Plus flexible et moins chère. Aucun temps mort.

Johnny Boy lui lança un regard interrogateur.

— L'armée en a, dit Mick. Ils appellent ça "un centre de colocation".

Johnny Boy feuilleta le dossier.

— Les travaux ont commencé en 2008. L'entreprise avait un bureau sur Tom T. Hall Boulevard à Olive Hill. Ils ont bloqué toutes les entrées de la carrière, sauf la principale, puis ils ont commencé à construire à l'extérieur.

Il prit une profonde inspiration et regarda par la fenêtre. Sa voix se teinta de mélancolie.

— J'étais étudiant à l'époque. Le datacenter était censé sauver le comté. Ils devaient embaucher mille cinq cents personnes une fois les travaux finis. Sept entreprises du bâtiment étaient mobilisées – ciment, électricité, parpaings, charpente. Et puis un gros hic. Personne n'a été payé. C'était une sorte d'arnaque. Tout le projet s'est arrêté en 2009.

— Pourquoi tu as un dossier là-dessus ? dit Mick. Ça relève de la compétence de l'État et des fédéraux, pas du comté.

— Avant tout ça, en 2004, il y a eu une affaire qui relevait du comté. Deux corps ont été retrouvés dans la carrière, un mari et sa femme. En fait c'était le fils du mari qui les avait tués, avec sa copine. Ils sont toujours en prison. Ça a été archivé et j'ai ajouté les infos sur le datacenter.

— Autre chose que je dois savoir ?

— Beaucoup de rumeurs et de ragots. On raconte que c'est hanté par des fantômes. Que des satanistes y feraient des trucs. Pour l'essentiel, c'était un endroit où les jeunes allaient fumer de l'herbe et boire des bières. Et jouer à se faire peur.

— Quel est son statut actuel ?

— Ça fait douze ans qu'elle est à vendre. Ils l'appellent "Mega Mountain" maintenant. Il y a quelques mois, j'ai entendu dire qu'elle avait été rachetée, mais je n'y ai pas accordé beaucoup d'importance. Tout ce qui est vieux s'expose aux rumeurs.

Mick acquiesça. La même chose valait pour les ponts couverts, les maisons abandonnées et les personnes âgées qui vivaient seules. C'est ce qui finirait par arriver tôt ou tard à Mme Kissick. Le téléphone du bureau sonna. Johnny Boy répondit, griffonna des informations sur un bloc-notes et raccrocha. Il se leva et enfila son chapeau.

— Tu es adjoint maintenant, dit-il. Le mieux, c'est que tu restes ici pour gérer le standard. Je dois filer.

— C'était quoi, l'appel ?

— Un problème au Dollar General.

Johnny Boy partit à la hâte et Mick se retrouva soudain seul dans les trois bureaux en enfilade, sans tâche à accomplir. Les armoires étaient étonnamment bien organisées. Il trouva facilement la section marquée par un C et chercha le nom de famille de Sandra. Aucun Caldwell n'avait été arrêté. Il alla dans l'entrée et jeta un œil par la porte vitrée vers le parking désert, puis il fouilla dans le bureau de Sandra et trouva les réserves habituelles de formulaires officiels, de papier à en-tête et d'enveloppes. Les affaires personnelles étaient dans le tiroir d'en bas : des chewing-gums sans sucre, de la crème pour les mains, une brosse à cheveux, un canif et un chargeur de téléphone.

Une paire de tennis et un parapluie pliant étaient rangés sous le bureau. Sur le côté droit du meuble trônait un téléphone avec un porte-combiné intégré. Dans un coin, une petite photo encadrée d'un homme et d'une femme présentait les couleurs vaguement défraîchies des vieux Kodak. Mick en conclut que Sandra était droitière, proche de sa famille et parée à toute éventualité. Ce qui décrivait la majorité des gens du comté. Il pouffa tout seul. Avec de telles compétences de détective, pas surprenant qu'il ne soit qu'un modeste adjoint.

Il entendit un moteur et gagna l'entrée d'un bond, vit sa sœur se garer et descendre du gros 4 x 4. Linda traversa le parking à grandes enjambées nerveuses, le visage marqué par la tension.

— Ça s'est joué à peu, dit-elle. Le corps est dans les limites de la ville, à un mètre près. Merci Jésus. T'as tiré quelque chose de la mère de Mason ?

— Elle est bien chamboulée. Johnny Boy est en intervention.

— Qu'est-ce que tu fais là, d'ailleurs ?

— Tu m'as nommé adjoint, dit-il. Alors je fais l'adjoint.

— Tu fouines, tel que je te connais.

— Un peu, ouais. J'attends l'opératrice. J'ai besoin de parler à son grand-oncle.

— Il est suspect, le vieux ?

— Non, dit Mick. Il a travaillé aux Mushroom Mines.

Linda leva les deux mains paumes vers l'avant comme pour l'interrompre. Elle secoua la tête tellement fort que sa queue-de-cheval lui frappa le visage. Mick reconnut la réaction de sa sœur quand ils étaient enfants et qu'il lui montrait une créature des bois qui choquait sa sensibilité urbaine – une grenouille morte, un ver de terre noué autour de son doigt, une salamandre qui gigotait entre ses lèvres.

— J'ai pas le temps pour ça, dit-elle. J'ai de la paperasse, et le tribunal ensuite.

— Une grosse affaire ?

— C'est toujours une grosse affaire pour quelqu'un.

— Laisse-moi deviner. Deux chiens dans un arbre.

— Pas drôle, grand frère. J'ai quatre rendez-vous pour la campagne aujourd'hui. Un brunch au Kiwanis Club. Un barbecue de poisson chez les vétérans. Un discours quelconque au Lions Club. Et une spaghetti-party au Rotary. Si je gagne, il me faudra un uniforme plus grand, à force de me goinfrer.

Le téléphone de Linda sonna. Elle répondit, écouta et raccrocha.

— C'était Johnny Boy, dit-elle. Il y a une prise d'otage au Dollar General.

Ils se précipitèrent dans la voiture et parcoururent les trois kilomètres à fond de train avec la barre lumineuse allumée. Une foule s'était amassée dans le parking du supermarché. Linda se gara devant l'entrée, où le gérant aidait une vieille dame avec une canne.

— Il y a quelqu'un d'autre à l'intérieur ? dit Linda.

— Mme Patton est la dernière cliente, dit le gérant. Johnny Boy est dedans.

— Bloquez tous les accès.

Linda entra, Mick sur ses talons. La voix de Johnny Boy résonnait bizarrement à l'arrière du magasin et Linda se dirigea droit vers lui. Mick contourna par le flanc gauche, manœuvre qui l'emmena jusqu'au mur du fond. Au milieu du long rayon, il vit Linda et Johnny Boy parler devant une porte fermée. Il les rejoignit.

— C'est Jaybird Watts, dit Johnny Boy. Il travaille ici. Il dit qu'il a un otage.

— Qu'est-ce qu'il veut ? dit Linda.

— Huit cent quarante dollars, sinon il ouvre le feu.

— Dis-lui qu'on est en train de rassembler l'argent, dit Linda. On va régler ça avec le gérant. Fais-le parler, Johnny Boy. Moi, je vais voir avec qui il est.

Johnny Boy obtempéra. Linda sortit tandis que Mick attrapait un sac plastique jaune derrière la caisse. Au rayon droguerie, il ouvrit quatre paquets de serviettes et les jeta dans le sac. Il retourna à l'avant du magasin et ouvrit la caisse. Il répandit tous les billets de un dollar par-dessus les serviettes, puis ajouta des billets de cinq, de dix, et quelques-uns de vingt.

Linda entra dans le supermarché munie d'un trousseau de clés avec un porte-clé bigfoot.

— C'était l'heure du changement d'équipe, dit-elle. Huit employés, plus le gérant. Deux d'entre eux manquent à l'appel. Il y a une porte arrière pour les livraisons. J'ai une clé.

— OK, dit Mick. Prends ta voiture, je te retrouve au quai de chargement. Je peux avoir la clé ?

Elle lui lança Bigfoot, puis elle alla s'entretenir avec Johnny Boy. Mick quitta les lieux et traversa la foule des clients évacués. Il passa devant un congélateur deux portes et une armoire métallique verrouillée pour l'échange des bonbonnes de gaz. À l'arrière du magasin, il trouva une allée étroite avec une porte de garage en tôle ondulée. Elle était ouverte sur un mètre en bas, révélant une partie de l'intérieur.

Mick s'accroupit et ferma brièvement les yeux pour contracter ses pupilles, puis il jeta un œil. Des cartons de détergent étaient empilés à gauche. De l'autre côté, une rangée d'étagères était remplie de vêtements. Une lumière dans le fond éclairait un homme assis sur une chaise en plastique avec une petite bouteille de whiskey bon marché. Il portait une casquette de coopérative agricole haut sur la tête, et une épaisse queue-de-cheval maintenue par un élastique pendait sur son col. Un téléphone dans un bol jouait une version métallique de *Free Bird*. Il ne semblait pas armé. Mick se glissa sous la porte et entra.

— Salut mec, dit-il.

— Oh putain, fit Jaybird. D'où tu sors, toi ?

— J'ai ton argent. T'as une arme ?

— Chez moi. Mais pas ici, non.

— Y a quelqu'un d'autre ?

— Nan, juste moi et Skynyrd. Johnny Boy est de l'autre côté de la porte.

— Où est l'otage ?

— J'ai juste dit ça pour avoir l'argent.

Mick hocha la tête. L'homme sirota son whiskey. L'arme la plus proche était un balai à franges, mais il aurait fallu que Jaybird se lève et le sorte d'un grand seau à roulettes.

— C'est quoi, le plan ? dit Mick.

— Un collier. Ma copine me l'a montré sur Internet. Il lui a tapé dans l'œil. Et elle m'a tapé dans l'œil. Tu sais ce que c'est.

— Je sais, mon pote, dit Mick. Tu pouvais pas l'acheter à crédit ?

— Elle voulait pas attendre. Elle avait tout prévu dans sa tête. Elle m'a dit qu'elle l'avait vu dans un gros centre commercial de Lexington Green.

Jaybird tendit le bras pour frapper à la porte.

— Hé, Johnny Boy, dit-il. T'es toujours là ?

— Toujours, fit la voix étouffée.

— C'est quoi le nom du grand centre commercial de Lexington Green ?

— Le Centre commercial de Lexington Green.

— Ouais, c'est quoi son nom ?

— Le Centre commercial de Lexington Green.

— Oui, bon sang. Tu m'entends pas à travers la porte ?

— J'entends bien, Jaybird. Le centre commercial s'appelle le Centre commercial de Lexington Green.

— Tu te fous de ma gueule.

— Non, fit Johnny Boy.

— C'est le nom le plus con que j'aie entendu pour un centre commercial.

— Ils ont dû penser que ce serait facile de s'en souvenir.

Jaybird eut une moue sceptique et but une longue goulée de whiskey.

— Tu crois qu'il va m'arrêter ? dit-il.

— Peut-être, dit Mick. Il ne me semble pas que tu aies enfreint de loi. Rien n'interdit à un homme de s'enfermer pour se bourrer la gueule. Je l'ai fait plus d'une fois.

Jaybird lui tendit la bouteille.

— T'en veux ?

— Je peux pas, là tout de suite. Je viens de finir un traitement pour une jambe blessée. Pas envie de me saouler et de tomber. Sinon, faudrait que tu me sortes de là.

— Je le ferais, mon gars. Clair et net. Tu crois que je vais me faire virer ?

— Ma foi, dit Mick. Je suis pas gérant, mais je dirais que tu risques une suspension. Ça dépend de plein de choses.

— Genre quoi ?

— Depuis combien de temps tu bosses ici. Si tu as eu beaucoup d'absences. Ta mission principale. Et au bout du compte, ça dépend surtout de si le patron t'apprécie. Comme la plupart des choses.

Jaybird sortit sa lèvre inférieure en méditant les paroles de Mick. Il but une rapide gorgée de whiskey.

— T'as huit cent quarante dans ce sac ? dit-il.

— Non, il doit y avoir dans les cent. C'est surtout des serviettes.

— Quelle marque ?

— Smart and Simple, je crois que c'était.

— Un dollar pour cent cinquante serviettes. Ça fait un demi-cent pièce. Je vois pas comment ils font leur marge.

— C'est plutôt deux tiers de cent par pièce.

— Ah ben voilà.

Jaybird fouilla dans sa poche comme s'il cherchait une cigarette, puis il regarda sa main, déçu.

— T'as une clope ? dit-il.

— Je fume pas. Vous en vendez ?

— Ouais, les grandes marques. Pas les trucs bio branchés.

— Il doit y en avoir quelque part par ici.

— Nan, ça serait du vol, dit Jaybird. Je suis plein de choses, mais je suis pas un voleur.

— T'es prêt à y aller ?

— Oh ouais. J'attends que toi.

Jaybird termina la bouteille et reprit son téléphone dans le bol. Il tapa à la porte.

— Johnny Boy, dit-il.

— Toujours là, mec.

— On se parle plus tard. Passe le bonjour à ta mère et à la famille.

Mick prit la bouteille et ils se dirigèrent vers la porte du garage. Une longue chaîne suspendue formait une boucle, et Jaybird la tira pour lever la porte. Linda se tenait jambes écartées, holster ouvert. Jaybird se raidit et Mick lui agrippa fermement le bras.

— T'es flic ? lui dit Jaybird.

— Non. C'est ma sœur.

— Où est l'otage ? dit Linda.

— Je crois que Jaybird s'est pris en otage tout seul, dit Mick.

— Quoi ? dit Linda.

— Juste lui. Pas d'arme. Si tout le monde te voit en première ligne, ça sera bon pour l'élection. Fais-le sortir demain et tu auras aussi les votes de sa famille.

— Tu devrais être mon directeur de campagne.

— Vous en cherchez un ? dit Jaybird. Je vais sans doute être sans boulot pendant un moment.

Linda appela Johnny Boy et lui dit de les retrouver au véhicule. Elle étudia Jaybird, puis elle se tourna vers son frère.

— Y a de la paperasse, adjoint.

— Je peux pas, frangine. Je dois remettre cet argent dans la caisse. Ensuite, faut que j'aille voir le grand-oncle de ton opératrice.

— Johnny Boy ne va pas apprécier. Il en pince pour elle.

— Fais de lui le héros du Dollar General. Tout est bien qui finit bien.

Mick se tourna vers Jaybird.

— Nous refais pas un coup pareil, dit-il. On sera peut-être pas aussi gentils la prochaine fois.

— Je dis quoi à ma copine ?

— La vérité. T'as fait ça pour elle. Elle appréciera. C'est ce qu'on appelle un grand geste romantique. Tu as fait de ton mieux.

— Ouais, renchérit Linda. T'es un vrai Roméo, Jaybird. Maintenant fais voir tes mains, faut que je te menotte.

Mick reposa l'argent dans la caisse, ouvrit son portefeuille et posa quatre dollars sur le comptoir pour payer les serviettes. Dehors, il regarda Linda escorter son prisonnier jusqu'à la voiture, où Johnny Boy le fit entrer avec ménagement. Linda se tourna vers la foule et se fendit d'une brève déclaration, tandis que plusieurs personnes prenaient des photos avec leur téléphone. Mick s'en alla en se demandant comment les fabricants de serviettes gagnaient de l'argent sur leurs produits.

14

Brace Gifford était un homme d'action, même si ladite action consistait à rester sur son porche à observer le nid d'un merle d'Amérique dans un érable. L'éclosion des œufs suivait l'ordre dans lequel ils étaient pondus, et les petits quittaient toujours le nid selon la même séquence. Un minuscule oisillon était au sol, avec des touffes de duvet sur la tête. C'était le premier à quitter le nid, sous l'œil d'un mâle adulte. Brace voulait voir le prochain sauter du nid, geste qu'il considérait comme le plus courageux de la nature – un oiseau trop jeune pour voler mais prêt à braver les airs. Il tombait invariablement par terre et restait là abasourdi, puis il regardait autour de lui et tournait en rond d'un pas maladroit.

Brace ne s'était jamais marié et avait passé les soixante dernières années dans la même maison. Il avait planté l'érable qui abritait le nid du merle et avait soigneusement cultivé trois micocouliers de Virginie pour nourrir les oiseaux. Une rangée de cèdres bordait le nord de son terrain, coupant le vent en hiver et protégeant les merles des prédateurs. Il regarda la mère tailler en pièces un lombric pour nourrir ses petits, peut-être le dernier repas avant qu'un d'entre eux s'envole dans le vide.

La brise charria l'odeur d'un pot d'échappement et quelques secondes plus tard il entendit un moteur. Le facteur était déjà passé, apportant son lot habituel de brochures publicitaires, qu'il gardait toute l'année pour démarrer ses feux l'hiver. Sans doute des gamins, qui sillonnaient les routes en quête du peu d'aventure à leur disposition, pensa-t-il. Le bruit s'approcha, puis cessa et il entendit une portière s'ouvrir. Les yeux toujours rivés au nid, il fit signe à l'occupant du véhicule d'éviter la zone devant l'arbre. Inutile d'effrayer l'oisillon.

Il vit sa nièce et un inconnu, un homme court sur pattes, maigre et filiforme, boitant légèrement et essayant de le cacher. L'homme ne portait pas de casquette, chose inhabituelle.

— Coucou, Little Sandy, dit Brace.

— Contente de te voir, oncle Merle, dit Sandra.

— Attention où vous mettez les pieds. Y a un petit rejeton qui sait pas encore voler.

— Tu crois qu'il va s'en sortir ?

— Ouais. Si un serpent, un renard ou une buse le chope pas avant.

— Voici mon oncle Brace, dit Sandra. Je l'appelle oncle Merle, rapport aux oiseaux.

— Je suis le fils de Jimmy Hardin, dit Mick.

— Jimmy Hardin, dit Brace. Le petit d'Homer Jack ?

— Ouais, Homer Jack était mon grand-père.

— Je l'ai connu. Quelqu'un de bien. Il savait lire les bois comme un magazine. Venez sur le porche. Je vous inviterais bien à entrer, mais faut que je garde un œil sur le bébé, là-bas.

Il désigna l'oisillon, qui tournait en cercle, une aile minuscule pointée vers le haut comme un fuseau.

— Il est blessé, oncle Merle ? dit Sandra.

— Nan. Il tâte le terrain. Dans une semaine, il saura voler.

— Il s'engaillardit, renchérit Mick.

— Exact, dit Brace. Si tu regardes bien, tu verras son papa dans ce buisson. Il apprend à son rejeton à chercher à manger.

Mick suivit Sandra sur le porche. Elle s'assit sur une balancelle basse au bout, la chaîne rouillée grinçant sous son poids. Brace s'installa à côté d'elle, Sandra se pencha contre lui et Mick comprit qu'elle avait fait ce geste toute sa vie. Brace lui tapota l'épaule.

— De quoi t'as besoin, Little Sandy ?

— De rien du tout, oncle Merle.

— C'est bien. Comment va ton homme, là ? J'ai oublié son nom.

— Moi aussi.

— Hmm-hmm, dit Brace. Alors vous en êtes là ?

— Ouais. Je t'ai déjà raconté.

— Eh ben, j'ai aussi oublié ça. Tu sais ce que c'est. Je rajeunis pas.

— Tu manges et tu bois de l'eau ?

— Oh ouais, dit Brace. Quand j'y pense.

Il éclata de rire, un gloussement haut perché qui s'acheva dans une série de grognements nasaux, comme s'il imitait un cochon. Sandra l'imita, et Mick fut surpris d'entendre les mêmes grognements sortir de sa bouche. Il se demanda si c'était de famille. Leurs éclats de rire mirent la balancelle en mouvement, et ils oscillèrent et grognèrent jusqu'à ce que le dos de la balancelle heurte la balustrade.

— Oh merde, dit Sandra. On va passer par-dessus bord !

Brace raidit ses jambes et interrompit le mouvement. L'excédent de chaîne suspendu à un crochet au plafond s'entrechoqua.

— C'est quoi l'histoire, belle-de-jour ? dit Brace.

— Mick voudrait te parler, oncle Merle.

Brace regarda l'inconnu, prêt à attendre toute la journée qu'il parle. L'homme avait des yeux bleu pâle qui changeaient de ton selon la lumière. Brace pensa qu'il devait avoir deux modes – plein régime ou longue cogitation.

— Votre nièce, dit Mick. Petite-nièce, plutôt. Elle m'a dit que vous aviez travaillé aux Mushroom Mines.

Brace inclina son menton de trois millimètres dans un ersatz de hochement de tête.

— Ça fait un bail, dit-il. J'étais à peine sorti du nid.

— J'aimerais en savoir plus, si ça ne vous dérange pas. Comment l'affaire fonctionnait, tout ça.

Brace avait travaillé à la vieille carrière cinquante ans plus tôt, mais il y repensait encore régulièrement. Il s'était attendu à ce que le shérif débarque des dizaines d'années auparavant, puis il avait conclu que le dossier était clos et qu'il était tranquille. Et voilà que Little Sandy rappliquait avec un fouinard qui sentait le flic à des kilomètres.

— Pourquoi ça t'intéresse ? dit Brace.

— D'après ce que j'ai compris, un des enfants Kissick a caché quelque chose dans la carrière. Ça a causé un problème. Leur mère m'a demandé de donner un coup de main.

— Shifty Kissick ?

— Ouais, vous la connaissez peut-être. D'après elle, mon père lui avait fait la cour à l'époque.

— Ben il était pas le seul, je vais te dire. Y a plein de jeunes gars qui lui faisaient la cour. Et puis cette saleté de Darvis Kissick a débarqué et il a chassé tout le monde. Ton père y compris. Elle et Darvis ont eu une palanquée de gamins.

— Cinq. Trois garçons sont morts. Je pense que deux d'entre eux ont été tués pour une raison liée aux Mushroom Mines. Ce que j'aimerais, c'est que vous me racontiez ce dont vous vous souvenez de la disposition des lieux à l'époque.

— La disposition ?

— Il paraît qu'il y avait un magasin à l'intérieur.

— Ouais, mon gars. Juste à l'entrée. Ils avaient l'électricité pour éclairer un petit bureau avec une table et deux chaises. Ils vendaient un dollar la caisse de champignons. Ils gardaient l'argent dans une boîte à cigares. Les champignons, c'étaient les petits blancs, de la taille d'une noix de pécan. Les gens venaient jusque là-haut pour les acheter. Ça coûtait plus cher au supermarché en ville.

— Qui était le patron ?

— Ils étaient trois. Une femme minuscule s'occupait du magasin. Elle était vraiment petite. Tout le monde disait que si elle avait eu un travail au soleil, elle aurait grandi un peu. L'autre patron était un homme avec un accent de pas d'ici. Pas américain, non. On le voyait à sa manière de marcher et de se tenir. Les gens disaient qu'il avait grandi sur un sol différent.

— Je vois ce que vous voulez dire, dit Mick.

— Le troisième, c'était le patron des camions. Deux fois par semaine, on livrait les champignons aux épiceries de Rocksalt et de Grayson et à deux ou trois stations-service. Un camion allait jusqu'à Ashland. Il s'arrêtait à Catlettsburg et Kenova en route. Il faisait une boucle. La 60 jusqu'à Ashland, puis la 23, et retour.

— Sacrée mémoire.

— J'étais chauffeur. J'ai été promu parmi les cueilleurs.

— Vous deviez être un bon cueilleur.

Brace sombra dans le silence, comme s'il regardait le passé sur un écran dans sa tête. Tous les souvenirs affleurèrent d'un coup, et il se vit évoluer à travers les événements à mesure de leur déroulement. Contemplant toujours un point distant en lui-même, il se mit à parler. Il venait d'avoir seize ans et voulait de l'argent pour s'acheter une voiture. Les emplois ne couraient pas les rues, et il avait entendu dire que la carrière embauchait. Il y était allé en stop un matin, et un homme du nom de Warren Rockland lui avait donné six grands sacs qu'il devait remplir avant de faire une pause. Rockland avait répété quatre fois la même chose, en parlant plus fort à chaque fois. Il avait dit à Brace d'entrer dans la grotte et d'avancer jusqu'à voir d'autres gens, puis de se mettre à cueillir. "Pas de bagarre, avait-il ajouté. Pas d'ennuis. Tu prends le sac d'un autre, t'es viré." Il avait répété ça quatre fois, aussi.

L'intérieur glacial était éclairé par une série d'ampoules nues suspendues à un fil que maintenaient des clous dans les poutres. Chaque ampoule éclairait une petite zone juste en dessous, l'essentiel de la lumière étant absorbé par les parois sombres ou se dissipant dans l'air déserté par le soleil. Brace entendait le vrombissement cadencé d'un générateur. L'air épais était frais et nauséabond. Plus il avançait, plus l'odeur empirait. La série d'ampoules bifurquait vers une immense salle pleine de fumier de cheval dans des caisses rudimentaires, la source de cette puanteur omniprésente. Il avait relevé son T-shirt sur son nez et sa bouche. Il avait perçu un mouvement et pivoté sur ses talons, alarmé. Devant lui se tenait un homme très grand qui tenait trois sacs pleins, un grand sourire sur le visage.

— Salut, avait dit l'homme d'une voix forte qui résonnait. Cueille des champignons.

Il avait montré à Brace le contenu de son sac le plus rempli, une montagne de champignons blancs parsemés de fumier, comme du gravier sale.

— Cueille des champignons, avait répété l'homme. Tu cueilles des champignons.

Il s'était éloigné et au bout de quelques secondes il s'était fondu dans l'obscurité. Brace avait plissé les yeux, écoutant les bruits de pas s'estomper. Une heure plus tard, il avait rempli un sac et croisé deux autres cueilleurs, un homme et une femme, tous deux plus âgés que lui, tous deux à peine capables de communiquer. Brace s'était demandé si c'était une réaction à l'air putride.

Malgré le froid humide, il transpirait sous l'effort – toujours à devoir bouger, se pencher et fouiller dans le fumier pour trouver de minuscules boules blanches. La sueur se rassemblait sur ses sourcils et coulait dans ses yeux. Il ne pouvait pas l'essuyer car ses mains étaient couvertes de fumier. Il passa à une nouvelle salle, une des nombreuses que reliaient des galeries. Seul dans le noir, couvert d'excréments, Brace était désorienté et anxieux. Il avait décidé de démissionner, incapable de comprendre comment les autres employés pouvaient tolérer de telles conditions. Il avait suivi les ampoules jusqu'à une nouvelle salle, où un homme trapu était quasiment courbé en deux, attrapant des champignons entre ses longs doigts. Il avait l'air d'une machine faite pour ce travail.

— Comment je sors d'ici ? avait dit Brace.

— Pause déjeuner.

— C'est par où la sortie ?

— Pause déjeuner.

— Euh, où est le patron, mec ?

D'un geste délié, sans se lever ni interrompre la cadence, l'homme avait désigné la direction d'où venait Brace. Brace avait fait demi-tour, pris de panique, ignorant s'il allait vers la lumière ou s'il s'enfonçait dans l'obscurité. Devant lui s'étendait l'ombre immense de l'homme imposant qu'il avait vu plus tôt. L'homme lui avait adressé un sourire et un signe de la main. Après un dernier virage, Brace avait aperçu un rectangle de lumière qui marquait l'entrée. Il avait franchi les derniers mètres en courant, déboulé dans le parking en terre battue et s'était étendu dans l'herbe. Une petite femme s'était approchée de lui avec un seau d'eau et une calebasse.

— Tiens.

Il s'était lavé de son mieux. La femme l'avait observé de près.

— T'es un Gifford ?

— Ouais, Brace.

— Le fils de Lily ?

Il avait hoché la tête.

— Qu'est-ce que tu fais ici ?

— Rien, en vérité. Je viens de démissionner.

— Fiston, avait-elle dit, faut pas que tu bosses ici.

— J'ai l'âge.

— C'est pas ça. Tous les cueilleurs sont simples d'esprit. Pas un seul n'a fini l'école primaire.

Brace s'était redressé dans l'herbe et avait laissé cette information lui couler dessus comme si elle avait été versée par la calebasse au long manche. Voilà pourquoi le patron avait répété ses instructions plusieurs fois. Brace avait éclaté de rire et la femme l'avait imité. Elle avait demandé s'il savait conduire, puis elle lui avait proposé de remplacer un homme qui les avait laissés en plan. Les deux années suivantes, il avait livré des champignons.

Le vaste panorama de réminiscences se dissipa brusquement et Brace s'aperçut qu'il était assis sur la balancelle du porche avec sa petite-nièce adorée et un inconnu, peut-être sa dernière conquête. Dans le jardin, sous l'érable, un deuxième oisillon s'agitait maladroitement au sol. Brace avait manqué son départ du nid. Il haussa les épaules – il y avait encore deux petits, et il savait qu'il en verrait un. Au moins, il s'était arrêté avant de raconter l'affreuse raison pour laquelle il avait cessé les livraisons la semaine suivant son dix-huitième anniversaire.

— Oncle Merle, dit Sandra, est-ce que tu as soif? Je vais nous chercher de l'eau. Tu ne bois toujours pas de café?

— Non, dit Brace. J'ai arrêté. Ça me rend fébrile quand j'observe les oiseaux.

La balancelle oscilla quand elle se leva pour entrer dans la maison, la porte moustiquaire claqua deux fois, puis une troisième, plus doucement. Il fallait qu'il remplace le ressort. Il s'y attèlerait quand les oisillons auraient appris à voler.

— Pas mal comme travail quand on est jeune, dit Mick. Toute la journée sur les routes.

— Ouais, j'ai vu du pays. Et ça m'a suffi.

— Ça devait être à l'époque du Vietnam.

— Oui. J'ai eu de la chance au tirage. Et puis ça s'est terminé.

— Vous avez dû bien connaître la carrière.

— Les premières salles, oui. Y en a des kilomètres. Je suis jamais allé trop loin après avoir commencé les livraisons. Jamais eu de raison.

— Si vous deviez cacher quelque chose, une valise par exemple, où est-ce que vous iriez ?

— À l'entrée. Il y avait de petits emplacements creusés dans les parois. Ils y avaient installé un casier en métal avec deux tiroirs pour la comptabilité. Les papiers devaient rester près de l'entrée à cause de l'humidité. C'était plus mouillé qu'une rivière, là-dedans.

Sandra revint avec des tasses d'eau. Elle rejoignit son grand-oncle sur la balancelle.

— J'ai trouvé tes lunettes, dit-elle.

— Je me demandais où elles étaient.

— Elles dépassaient du grille-pain.

— J'ai dû oublier de regarder là-bas.

Elle fronça les sourcils, inquiète.

— Comment tu y vois sans tes lunettes ? dit-elle.

— C'est des loupes de supermarché. Je vois bien de loin. C'est de près que c'est dur. Lire, tout ça.

— Et si je rangeais un peu ? dit-elle. J'en ai pour une minute.

— Pas la peine, Little Sandy. Mais merci quand même.

Le soleil entama sa lente descente derrière les versants ouest. La cime des arbres formait une frange dorée. La longue ombre noire de la colline s'étendait sur le paysage, de plus en plus proche. Un oiseau moqueur entonna son chant polyglotte.

— C'est mon oiseau préféré, dit Mick.

— C'est un bon, dit Brace. Des œufs bleus, mouchetés. Trois ou quatre par ponte. Ils aiment les buissons bas. Certaines années, ils utilisent le même nid.

— Est-ce que vous étiez là quand ils ont arrêté de vendre des champignons ? dit Mick.

Brace acquiesça.

— J'ai entendu qu'il y avait une histoire derrière. Des satanistes ou autre.

— Nan, c'étaient juste des racontars.

— Hmm-hmm. Pourquoi ça ?

Brace lança à l'inconnu un long regard dur, ouvrant ses perceptions affûtées par la forêt à la possibilité de lui faire confiance. Il n'avait parlé à personne depuis deux semaines et ça ne le dérangeait pas. Si sa nièce se fiait à cet homme, peut-être devait-il en faire de même.

— Little Sandy, dit Brace. Finalement ça serait pas du luxe que tu passes un petit coup de balai. Tu me rendrais service.

— Je te le fais pas dire.

Sandra se leva, lança à Mick un regard interrogateur et entra. Une minute plus tard, Brace entendit la radio dans la cuisine. Il se rappela un instant le petit transistor qui pendait au rétroviseur lors de ses livraisons. C'était un Zenith noir, au contour argenté. Il avait des piles de rechange dans la boîte à gants. La nuit, il réglait la fréquence sur WLS, qui émettait depuis Chicago, et écoutait de la musique considérée comme scandaleuse et diabolique dans les collines. Brace se demanda ce qu'était devenue cette radio. Peut-être qu'elle était dans la maison. La voix de l'inconnu l'arracha à sa rêverie.

— Pourquoi ils ont arrêté de vendre des champignons ? dit Mick.

— Ça a mal tourné.

— J'ai entendu que les affaires étaient bonnes.

— Quelque chose a vraiment très, très mal tourné, c'est pour ça qu'ils ont fermé.

— Est-ce que vous pouvez me dire ce qui s'est passé ?

— Les champignons marchaient du tonnerre. Ils ont embauché d'autres cueilleurs, puis un nouveau chef d'équipe. Le week-end, les femmes emmenaient leurs enfants acheter des champignons. Le nouveau chef a commencé à raconter aux enfants qu'il y avait une pièce au fond remplie de jouets. Au début, personne n'a fait gaffe. Juste un type qu'était gentil avec les enfants. Puis le bruit a couru qu'il avait emmené une fille là-bas. Personne n'y a cru, mais ça s'est répété, trois ou quatre fois. C'était pas quelque chose dont les gens voulaient parler. Ce qu'il faisait à ces filles.

— Ils sont allés voir les flics ?

— Pas à l'époque. Le père d'une des filles a collé une raclée à un cueilleur, mais il s'est trompé de bonhomme. Un autre type a dit qu'il allait buter le patron. Il a démissionné, et le chef des livraisons a démissionné, et la petite femme aussi. Toute l'affaire a fini en eau de boudin. Je me suis greffé à une équipe de cantonniers qui construisaient la nouvelle Interstate. Ça m'a tenu jusqu'à la fin du chantier. J'ai économisé jusqu'au dernier sou et je suis ici depuis.

— Et le type qui tripotait les enfants ? dit Mick.

— Disparu. Personne l'a jamais revu.

Brace observa les oisillons. L'un d'entre eux décrivit un cercle et tomba à la renverse. Parler l'avait fatigué. La voiture de sa nièce était dans le jardin, mais il ne savait pas où elle était. Est-ce que l'inconnu lui avait volé sa voiture ?

— Qui tu es, déjà ? dit Brace.

— Je travaille avec Sandra.

— Elle est opératrice pour le comté.

— Ma sœur est shérif.

— Elle est où ?

— Au tribunal.

— Little Sandy, au tribunal ? Je te crois pas. Elle a un cœur d'or.

— C'est ma sœur qui est au tribunal, monsieur Gifford. Votre nièce est dans la maison. Je vais la chercher.

— Reste en dehors de ma maison.

Mick hocha la tête.

— Sandra, cria-t-il. Ton oncle veut que tu viennes ici.

Quelques secondes passèrent et elle émergea de la maison, essuyant ses mains mouillées sur un torchon.

— Il te faut un tablier, oncle Merle, dit-elle.

Brace désigna Mick du menton.

— Ce type est avec toi ? dit-il.

— Oui. Il est réglo. Il nous aide. C'est un Hardin.

— J'ai connu des Hardin.

— Jimmy était mon père, dit Mick.

— Homer Jack est ton Papaw ?

Mick acquiesça.

— Il avait pas son pareil en forêt, dit Brace. Discret comme un mulot et il y voyait comme une chauve-souris.

Mick se leva et s'avança au bord du porche.

— Je t'attends dans la voiture, dit-il à Sandra.

— Gare à pas effrayer mes bébés, dit Brace.

Mick descendit du porche et décrivit une grande courbe pour éviter les oiseaux. Ils semblaient se reposer de tous leurs efforts. Sandra parla à son grand-oncle quelques minutes, rentra dans la maison et revint avec une assiette de nourriture. Mick les regarda manger. Une demi-heure plus tard, elle le rejoignit dans la voiture, le visage chiffonné.

— Qu'est-ce que tu lui as dit ? dit-elle. Il est contrarié.

Mick secoua la tête. Elle démarra la voiture et s'engagea sur la vieille route en saluant son oncle de la main.

Sur le porche, Brace leva brièvement le bras en signe d'adieu, avant de reporter son attention sur les oisillons. Un d'entre eux effectua un petit bond, comme s'il testait la gravité. Tout ce qu'il avait raconté à l'inconnu était vrai, mais seules quelques personnes connaissaient la partie qu'il avait passée sous silence. Quatre hommes avaient enlevé le chef d'équipe et l'avaient emmené dans la carrière. Un homme était resté dans le camion pour faire le guet tandis que les trois autres le traînaient tout au fond du souterrain. Ils lui avaient enfoncé le visage dans le fumier jusqu'à le faire suffoquer. Ils avaient abandonné le corps et quitté la carrière. Brace était le guetteur dans le camion.

15

LAWTON était une ville abandonnée, avec un grand axe qui traversait le centre. Mick roulait sur la 174, une route qui portait plusieurs noms, comme Main Road, Haldeman Road, Old Road et Lawton Road. Il dépassa des magasins abandonnés, les vestiges d'une gare ferroviaire et des maisons vides aux toits croulants. Quelques maisons en bois avaient des allées de gravier et des jardins bien entretenus.

Derrière la voie ferrée, il suivit une route qui grimpait la colline conduisant aux Mushroom Mines. La qualité de la route le surprit. Son revêtement était neuf et elle avait été élargie pour permettre à deux véhicules de se croiser. Il s'arrêta pour examiner le bitume, renforcé pour une circulation accrue. Les travaux étaient récents. Il tendit l'oreille et ne perçut rien d'autre que le cri d'un bobolink en vol. Mick le regarda se poser sur un platane et agiter la tête comme s'il essayait de rajuster son capuchon blanc. Un gros camion de livraison descendit la colline en jouant sur le frein moteur. Il ne portait aucun logo sur ses portières, ni sur ses flancs. Les plaques étaient masquées par de la boue d'une manière qui semblait intentionnelle.

Mick sortit son pistolet de la boîte à gants et marcha dans les bois en parallèle de la route, en se demandant si le camion avait effectué un chargement ou une livraison. Il contourna un buisson de ronces dont les branches épineuses dépassaient sa tête. Il s'enfonça encore dans les bois et arriva à la lisière des arbres, qui donnait sur une dalle de ciment frais, suffisamment large pour permettre au camion de faire demi-tour.

Le reste du terrain était envahi d'arbustes, de mauvaises herbes et de fourrés. De hautes fétuques jaillissaient d'une pile de graviers. Derrière s'étendaient les vestiges d'un chantier abandonné depuis une bonne dizaine d'années. Trois structures avaient été commencées. Une autre, plus avancée, comportait des fondations et quatre murs, une entrée, des ouvertures pour les fenêtres, et quatre marches en béton. Aucune n'avait de toit, ni de porte. Leur aspect inachevé donnait une impression de déshérence, comme si elles n'avaient été qu'un entraînement avant que l'équipe ne passe à un chantier plus sérieux.

Derrière les ruines se dressait une haute falaise surmontée de terre et de forêt, au-dessus de laquelle un épervier de Cooper dérivait sur un courant thermique dans le ciel immaculé. Dans la falaise, on avait ménagé une ouverture suffisamment large pour accueillir un char Bradley. Les parois avaient été renforcées par des parpaings. Un mouvement en périphérie de son champ de vision poussa Mick à se retirer dans les ombres épaisses de la forêt. Un homme arpentait le périmètre avec un pistolet à la hanche. Il portait des bottes et un jean, une casquette avec un insigne argenté et une veste tactique en polyester. Il patrouillait avec la gaucherie d'un homme imposant plus à l'aise dans une salle de muscu qu'en extérieur. Mick s'enfonça dans les bois et passa une demi-heure à faire le tour du site. Il vit une Jeep, deux pick-up, un camping-car et trois autres hommes armés. L'un d'entre eux fumait une cigarette à côté de la route.

Il repartit à travers bois, saluant avec désinvolture un serpent à groin multicolore qui prenait le soleil sur un rocher. Mick était enfant la première fois qu'il en avait croisé un, connu sous le nom de "vipère siffleuse" à cause de ses sifflements dissuasifs. Il avait sursauté quand le serpent lui avait frappé la jambe. Plus tard, son grand-père lui avait expliqué que les serpents à groin n'étaient pas dangereux, mais qu'ils étaient experts en coups de boule. Mick quitta les bois et s'approcha à grandes enjambées de l'homme qui fumait. Celui-ci jeta sa cigarette et se tassa pour avoir l'air dur. Mick sourit et affecta un gros accent.

— Vous embauchez ? dit-il. Paraît qu'y a du boulot ici pour un homme qui veut bosser. Je suis cet homme.

— D'où tu sors toi, putain ?

— Je suis un Hardin. Je suis prêt à bosser toute la journée si ça paie.

— Y a pas de boulot, ici.

— Il se passe quelque chose. On a vu les camions, et tout.

L'homme marcha vers Mick. Il avait autour de trente-cinq ans, le corps affûté et le regard dur d'un vétéran de guerre.

— Comment t'es arrivé ici ? dit-il. Je vois pas de voiture et j'ai rien entendu.

— J'ai coupé à travers bois. Plus rapide que par les vieilles routes. Je peux faire tout ce que vous voulez. Vous payez cash, je suis pas regardant.

— C'est une propriété privée. Tu dois t'en aller.

L'homme chercha son revolver, mais Mick fut plus rapide. Il lui braqua son Beretta sur la poitrine. L'homme inclina la tête d'un air surpris et écarta la main de son holster.

— Beretta M9, dit-il. T'as servi où ?

— Je m'en vais. Si un de ces hommes tire, tu seras le premier à mourir.

L'homme décocha un sourire admiratif.

— Tirez pas, les gars, cria-t-il. Laissez-le rejoindre les bois.

Mick marcha à reculons vers la route, la traversa rapidement et gagna le couvert des arbres. Trois rafales de fusil automatique déchiquetèrent les feuilles au-dessus de sa tête. Il se jeta au sol, roula derrière un chêne et rampa à toute allure sur le tapis forestier jusqu'à ce que le flanc de colline bloque les balles. Il se leva et courut à son pick-up, grimpa dedans et démarra. Il dévala la colline sous un feu nourri. Le rétroviseur extérieur explosa. Il accéléra jusqu'au bitume, bifurqua brusquement sur la 174, fit une embardée pour éviter un chien et resta pied au plancher sur plusieurs kilomètres. Au premier accotement, il s'arrêta sur une route de terre, fit pivoter le pick-up et ouvrit les deux portières. Si quelqu'un le suivait, il aurait l'impression que deux hommes étaient cachés derrière. Il s'enfonça dans les bois derrière le pick-up. Il attendit une demi-heure, ramenant son corps au calme en respirant profondément. Une fois certain d'être seul, il roula lentement vers Rocksalt.

Arrivé chez Linda, il prit une douche pour évacuer la terre et la sueur, en se demandant dans quoi il avait mis les pieds. En se séchant, il regretta d'avoir mentionné son nom de famille.

16

En tant que simple citoyenne, Linda avait envie d'assister à la cérémonie d'hommage pour Mason. Mais elle le savait, sa présence rappellerait aux gens que personne n'avait été arrêté pour les meurtres, ce qui risquait d'affecter sa campagne. Elle détestait cette façon de raisonner, de laisser la politique influencer ses décisions. Linda n'en restait pas moins pragmatique et elle envoya Johnny Boy au funérarium. Sa peur des fantômes serait atténuée par la présence de tous les vivants.

Mick gara son pick-up au bout du parking du funérarium avec vue sur la porte d'entrée, gardée ouverte en signe de bienvenue. Deux hommes sortirent et allumèrent des cigarettes. Le vent chassa la fumée vers l'intérieur. Mick songea à cette triste réalité : même avec deux morts récents, la famille Kissick n'était pas épargnée par les coups de vent.

Ces deux derniers jours, il avait fait des recherches en ligne sur les Mushroom Mines. Comme avait dit Johnny Boy, le site de Mega Mountain avait été acheté récemment, mais il était impossible de remonter jusqu'au propriétaire. Même avec ses compétences informatiques limitées, Mick comprenait que la piste conduisait à des sociétés écrans. Il ne voyait pas ce qui pouvait exiger un tel dispositif de sécurité. Des armes chimiques. Des lingots d'or. Du trafic d'êtres humains. Une bombe sale. Du blanchiment d'argent. Rien de tout ça ne tenait debout. Chacune de ces options nécessitait plus d'accessibilité qu'une route unique depuis une ville fantôme jusqu'à la colline ; peut-être que c'était bien un datacenter high-tech, après tout.

Les gens commencèrent à quitter le funérarium. Après la première vague de départs, Johnny Boy sortit et s'avança vers le pick-up.

— Qu'est-ce qui est arrivé à ton rétroviseur ? dit-il.

— J'ai reculé dans un arbre, dit Mick. C'était comment, dedans ?

— Triste.

— Y avait quoi, trente personnes ?

— Quelque chose comme ça, dit Johnny Boy. C'est une petite famille.

— Des visages inconnus ?

— Je connaissais tout le monde, sauf le fils Kissick qu'est arrivé de Californie. C'est un sacré mastard.

Mick hocha la tête.

— L'enterrement est réservé à la famille, dit Johnny Boy. Y a une réception chez les Kissick après.

— Je vais y aller, dit Mick. Tu as fait ta part.

Il attrapa un sac en papier sur la banquette et tendit à Johnny Boy une bouteille de Dr Pepper.

— Ouah, fit Johnny Boy. Exactement ce dont j'avais besoin. J'arrive pas à croire que tu t'en sois souvenu.

Mick ouvrit la portière et Johnny Boy utilisa le loquet pour décapsuler la bouteille. Il but un tiers de son contenu, sa pomme d'Adam pulsant comme un flotteur sur une ligne de pêche.

— Faut que j'y aille. J'ai un rapport à rédiger sur ces graffitis au lac. Un homme a porté plainte. Fred White, surnommé Porky.

— Pour des graffitis ? C'était quoi ?

— Quelqu'un a peint à la bombe "Porky White suce des grosses bites d'ânes verts".

— Il va être marrant, ton rapport.

Johnny Boy décocha le sourire le plus rapide du comté, qui faisait sa renommée – ça et son manque d'humour. Il but un deuxième tiers du Dr Pepper, puis il regarda la bouteille.

— Il en reste juste assez pour mettre des cacahouètes dedans. J'en ai un sachet au bureau. Merci, Mick.

Mick quitta le parking avec quelques heures à tuer avant de rendre visite à la famille Kissick. Il alla chez IGA pour acheter des petites pommes de terre rouges, du céleri, des oignons et six œufs. Son grand-père lui avait transmis quelques recettes rudimentaires qui tournaient surtout autour du petit déjeuner. La grande spécialité du vieil homme était sa salade de pommes de terre, idéale en toute occasion. Elle était facile à préparer, bon marché et ne se renversait pas pendant le transport.

Chez sa sœur, il fit bouillir les pommes de terre avec un peu de sel, puis il les rinça à l'eau froide. Pendant que les œufs cuisaient, il hacha le céleri et l'oignon et fouilla dans le réfrigérateur pour trouver du lait et de la mayonnaise. Il n'y avait pas de cornichons. Après avoir mélangé les ingrédients dans un bol, il recouvrit le tout de papier aluminium, puis il se dirigea vers les limites du comté.

Il s'arrêta à la sortie de Rocksalt et se gara dans un parking vide. Quelque chose le taraudait depuis deux jours, une vague impression juste en dehors du périmètre de sa perception, insaisissable et fuyante. Une prise de conscience soudaine l'enveloppa comme un châle d'acier – celle de sa propre solitude. La profondeur de la sensation le surprit. Il était habitué à vivre seul, voyager seul et travailler seul. Il parlait à sa sœur, écoutait surtout, ce qui devait bien compter pour un contact humain, à défaut d'une vraie conversation. Il aimait sa sœur. Elle l'aimait aussi, mais sa présence dans sa maison était une intrusion, et ils essayaient de se laisser le maximum de latitude possible. Il s'était même mis à rabattre la cuvette des toilettes comme elle aimait, ce qu'il n'avait jamais fait avec sa femme. Peut-être qu'il aurait dû. Peut-être qu'ils seraient encore ensemble. Il s'efforça de chasser ces pensées – Peggy en avait eu marre de ses missions à rallonge et elle avait eu une liaison. C'était compréhensible, voire acceptable à long terme, mais pas la grossesse.

Ces derniers temps, il pensait à Sandra le soir, une mauvaise idée. Il partait dans une semaine, et ça ne rimait à rien de s'attacher à quelqu'un d'ici, surtout une femme qui travaillait pour sa sœur. Mais force était d'admettre que c'était la première femme depuis dix-sept ans qui retenait son attention. Il ne savait même pas pourquoi, ce qui ne faisait qu'accroître sa perplexité.

Il fit demi-tour et traversa la ville jusqu'à une des nouvelles rues, McCulloch Street, en se demandant si elle devait son nom à la marque de tronçonneuse. Il s'arrêta devant une vieille maison, petite et blanche, avec des mangeoires à oiseaux dans le jardin et de petits réservoirs d'eau sucrée pour les colibris. Il se pinça les lèvres en se demandant s'il commettait une erreur, puis il sortit de son pick-up, marcha le long des dalles jusqu'à la porte et frappa. Une minute passa. Il s'apprêtait à frapper de nouveau quand la porte s'ouvrit et Sandra se présenta dans l'embrasure avec une pile de livres dans les mains.

— Salut Mick, dit-elle. Viens, entre.

Elle s'écarta pour le laisser passer et il résista à l'impulsion de la soulager de son fardeau.

— Assieds-toi, dit-elle. Je vais poser ça.

Elle partit dans le couloir. À l'inverse de celui de sa sœur, le salon était bien ordonné – un plaid orange pâle drapé sur le dossier du canapé, trois étagères de livres de poche, deux cadres représentant des chevaux peints de manière expressive, sept plantes à la fenêtre et des rideaux transparents retenus par des rubans fixés à des crochets. Deux fauteuils étaient disposés devant un repose-pied fabriqué à partir de grands bidons de jus recouverts d'un tissu à fleurs.

— Il te plaît ? dit Sandra. C'est ma grand-tante qui les fait. Si tu en veux un, j'en ai plein le garage.

— Il est très joli, dit Mick.

— Il se renverse pas et il est assez solide pour soutenir un plus costaud que toi debout.

Mick ne sut quoi répondre et se demanda soudain ce qu'il faisait là et comment il s'était retrouvé en train d'admirer un tabouret chez une civile. Il avait eu raison – c'était une erreur.

— Hum, dit-il. Je crois que je vais y aller.

Elle s'esclaffa, et son rire était doux et sincère.

— Tu as besoin de quelque chose ? dit-elle.

— Euh, ouais. Tu as des cornichons ?

— Oui, combien il t'en faut ?

— Je ne sais pas. Assez pour une salade de pommes de terre.

— Quelle quantité ?

— De quoi ? dit-il.

— De salade, Mick. Tu es sûr que ça va ?

Il retourna au pick-up chercher son saladier rose, celui de sa mère, avec son motif blanc d'épis de maïs et de coqs sur les bords. Il resserra l'aluminium et l'apporta dans la chaleur de la maison de Sandra. Elle l'appela depuis la cuisine où il la rejoignit, posant le bol sur le plan de travail à côté d'un bocal de cornichons, d'un couteau et d'une planche à découper. Elle enleva l'aluminium et jeta un œil au contenu.

— Bravo, dit-elle. T'as pas épluché les pommes de terre. C'est bien meilleur comme ça.

Elle prit une fourchette pour goûter un morceau.

— T'as mis du vinaigre ? dit-elle.

— Non, je croyais que ça servait qu'à nettoyer.

Elle rit de nouveau, coupa rapidement un cornichon et incorpora les lamelles avec une spatule. Elle ajouta un bouchon de vinaigre de cidre. Après avoir mélangé délicatement, elle goûta de nouveau, leva les sourcils vers lui et saupoudra la salade de paprika. Elle lui donna une fourchette propre. Il prit une bouchée, et la différence était notable.

— Merci, dit-il.

— Tu viens pour un cours de cuisine ? Ou pour m'inviter à un pique-nique ?

— Je sais pas. Ni l'un ni l'autre. Je dois aller à une réception chez les Kissick.

— C'est aujourd'hui qu'ils enterrent Mason ?

Mick confirma.

— Ma foi, dit-elle, c'est pas vraiment ce que j'aurais choisi pour un premier rendez-vous, mais je vais me changer.

Sans attendre de réponse, elle quitta la cuisine. Mick couvrit la salade de pommes de terre, rangea les ingrédients, lava le couteau et les fourchettes, et essuya la planche à découper. La cuisine avait été rénovée récemment, avec un grand évier en métal et du carrelage métro derrière. Un carillon tinta devant une fenêtre. Sur un mur trônait une horloge censée ressembler à Elvis Presley, les jambes bougeant indépendamment du corps. Sandra revint dans la pièce.

— Tu aimes Elvis ? dit-elle. Avant, il dansait avec le tic-tac, mais ça me rendait dingue, alors j'ai enlevé le mécanisme.

— J'en avais jamais vu.

— Tout le monde n'est pas fan de pendules.

— Ma mère si. Elle en avait une quarantaine.

— Pas d'Elvis ?

— Maman disait qu'il ressemblait à un voyou.

— Prends la salade.

Il obéit et la suivit dans le salon, où elle prit un petit sac avec une grande lanière. Dehors, elle se dirigea vers la portière passager du pick-up et grimpa dedans.

— Sympa, ton pick-up, dit-elle. 1964 ?

— 1963. Tu t'y connais en pick-up ?

— J'aime les vieux Chevy. Le seul Ford que j'apprécie, c'est le Ranchero. Y a pas photo avec le El Camino.

Mick acquiesça. Il se sentait plus à l'aise au volant, avec une tâche spécifique qui exigeait son attention. Ils quittèrent la ville et roulèrent en silence entre les collines arborées. Les noyers étaient encore en pleine feuillaison. Il esquiva un serpent des blés d'un mètre cinquante qui prenait le soleil sur la route. Mick aurait aimé que sa vie soit aussi simple.

— La plupart des types auraient roulé dessus, dit Sandra.

Mick hocha la tête.

— Tu aimes les serpents ? dit-elle.

— J'ai pas de préféré, si c'est ce que tu veux dire.

— Comme ce pick-up ?

— Pas non plus mon préféré. Je le conduis parce qu'il appartenait à mon Papaw. C'est lui qui m'a élevé. Et les serpents, ils ont le droit de vivre autant que n'importe quel animal. Il m'a appris ça, aussi.

— Tu as beaucoup appris de lui.

— Ouais, dit Mick, sauf pour le vinaigre.

Il chercha son sourire du regard, content de le trouver.

— Qu'est-ce qu'il t'a appris sur les femmes ? dit Sandra.

— Pas assez.

— Comment éviter une question, déjà, hein ?

— Nan, ça je l'ai appris à l'armée.

Elle rit et Mick s'aperçut qu'elle riait souvent, et cela lui plut. La plupart des gens ne riaient pas assez, lui compris. Il considérait que le monde était absurde, ce qui exigeait un pragmatisme dont il faisait un usage direct. Et qui lui faisait défaut à cet instant.

— Papaw ne connaissait pas grand-chose aux femmes, dit-il. Sois gentil avec elle. Écoute. Porte les trucs lourds. Fais les travaux d'extérieur.

— Pendant que les femmes faisaient le travail d'intérieur.

— Pas exactement. La plupart du temps, il n'y avait que lui et moi. Mon père jusqu'à mes dix ans. Mon arrière-grand-père pendant un moment, aussi.

— Qu'est-ce qui est arrivé aux femmes ?

— Elles sont mortes ou parties.

À mesure qu'ils s'éloignaient de la ville, la route s'approchait des collines, sans bas-côté. Une buse à queue rousse traversa la route d'un vol bas et rapide, pour disparaître dans une ouverture naturelle entre les arbres. Mick ralentit et vit un lapin s'immobiliser au pied d'un sumac amarante.

— T'as vu ce lapin ? dit-il.

— Je l'ai loupé, dit-elle. J'aime bien les lapins. Je me suis toujours demandé comment ils s'en sortaient. Toute leur raison d'être, c'est de se faire manger. Ils ne peuvent pas se battre, voler, ni grimper aux arbres. Leur seule défense, c'est leurs bonds imprévisibles. Ensuite, ils se figent. C'est incroyable qu'ils aient survécu aussi longtemps à l'extinction.

— Grandes portées, dit Mick. Les femelles mettent bas tous les mois.

— C'est le seul animal d'Amérique du Nord qui bondit.

— Les grenouilles. Les sauterelles. Certaines araignées.

— Mammifère, je veux dire.

Mick prit l'embranchement vers la route des Kissick, où plusieurs véhicules étaient déjà garés – trois dans le jardin et quelques-uns sur l'étroit bas-côté. Il dépassa la maison, fit demi-tour, dépassa la rangée de voitures et se gara tout au bout. Il sortit du pick-up et attendit, au cas où

Sandra voudrait porter la salade de pommes de terre. En tant qu'invitée imprévue, peut-être qu'elle préférerait venir avec quelque chose à manger. Elle descendit du pick-up et arriva à sa hauteur.

— C'était quoi, cette manœuvre ?

— Une vieille habitude. Ça me permet de jeter un œil aux voitures.

— Tu as vu quelque chose de louche ?

— Rien du tout. Tu veux prendre la salade ?

— C'est toi qui l'as faite, c'est toi qui la portes.

Ils traversèrent le jardin ensemble et entrèrent dans la maison. Shifty Kissick était assise dans le salon, entourée de femmes à la mine compatissante. Quelques hommes étaient adossés au mur et regardaient par terre. Sandra marcha droit vers Shifty, se courba et la serra dans ses bras. Mick alla à la cuisine, adressant des signes de tête à plusieurs personnes qui avaient la carrure et l'apparence des Kissick. Les pièces rapportées détonnaient par leur haute taille et leur teint pâle. La table de la cuisine était chargée de nourriture. Un ragoût de haricots mijotait sur les fourneaux. Il y avait deux poêles en fonte avec des pains de maïs sortis du four, des salades de fruits, des haricots verts et une grande plaque de poulet frit. Plusieurs sachets de chips étaient empilés sur le plan de travail, manifestement apportés par des hommes célibataires qui s'étaient arrêtés dans une station-service en chemin.

Debout à côté du réfrigérateur, un homme dévisageait Mick, tendu et aux aguets. C'était clairement un Kissick, mais plus grand que les autres hommes, les épaules larges, les bras longs, les doigts fuselés, comme sculptés. Il avait les hanches généreuses et les jambes trapues des Kissick, que couvrait un ample pantalon cargo. Il portait un T-shirt noir moulant qui avait l'air hors de prix. D'épais muscles striaient ses avant-bras, saturés de tatouages. C'était sa coupe de Marine, rasé sur les côtés et plus long sur le dessus, qui l'identifiait comme le dernier des fils de Shifty.

Mick posa la salade de pommes de terre sur la table.

— Je suis Mick, dit-il. J'ai connu tes frères.

— Raymond. C'est toi le flic qu'aide maman ?

— Je l'aide, mais je suis pas flic. CID, armée de Terre.

— Et avant ça ? dit Raymond.

— 101e aéroportée. Rattaché au 5e groupe des forces spéciales.

— T'as raccroché ?

— Non, congé médical. Et toi ? Toujours sous les armes ?

— Retraite il y a un an. Troisième bataillon.

— Trinity, dit Mick. Comment c'est déjà ? Le premier bataillon produit des hommes, le deuxième des Marines, le troisième des machines.

Raymond haussa les épaules.

— T'étais où ? dit Mick.

— Ici et là.

— Tu faisais quoi ?

— Ci et ça.

Une longue minute passa. Mick comprit que Raymond avait participé à des opérations clandestines, sans insigne, dans des zones à risque avec des ordres secrets. Il se demanda combien d'armes il avait sur lui.

— T'as trouvé quelque chose ? dit Raymond.

— Un peu. Je pense que c'est les mêmes gens qu'ont tué tes deux frères. T'es au courant des affaires de Barney ?

— Ouais. Mason avait rien à voir là-dedans.

Quelqu'un entra dans la pièce, Mick se tourna et vit Sandra, tout sourire, qui traversait le lino en courant.

— Ray-Ray, dit-elle. Ça fait plaisir de te voir.

Elle le serra fort dans ses bras et Mick se demanda quelle était leur histoire.

— Je suis vraiment désolée pour ta famille, dit-elle. Mason était adorable. Je n'ai jamais connu Barney, mais tout le monde disait qu'il était réglo.

— T'as pas changé du tout, Sandy. Tu es superbe.

— Oh, merci. Toi aussi.

— Tu te colores toujours les cheveux ?

— Je te le dirai jamais, dit-elle dans un éclat de rire. Je vois que tu te colores les bras.

— Tu devrais voir mon dos.

Elle rit de nouveau.

— T'es là pour combien de temps ? dit-elle.

— Ça dépend de ce que mon collègue de l'armée a à me dire. Il paraît que tu bosses pour le comté.

— Ouais. La sœur de Mick est shérif, je bosse pour elle.

— Tranquille.

— Petite ville, dit-elle. Petit comté.

— Pour ça que je suis parti, dit Raymond.

Mick quitta la pièce. Il ne savait pas quoi dire aux autres invités et se demanda soudain pourquoi il était venu. Il entra dans le champ de vision de Shifty, attendit qu'elle le remarque et lui adressa un bref salut. Elle pinça la bouche et se tourna vers un enfant, une petite-fille devina-t-il, qui tenait une assiette en carton avec trois brownies. Un tomba par terre, et la fillette regarda autour d'elle comme si elle craignait une punition. Shifty la prit sur ses genoux et lui caressa les cheveux.

Mick sortit dans le jardin, où trois hommes fumaient des cigarettes. L'un d'entre eux tenait une bouteille d'Ale-8 à long goulot.

— T'es un Hardin, pas vrai ? dit-il.

Mick opina.

— Ta sœur est là ?

Mick fit non de la tête.

— Elle sait qui a tué les gars ?

— Non, dit Mick. Elle cherche. Mais ça donne rien pour l'instant. Vous avez une idée ? Je transmettrai.

— Non. Tout le monde appréciait Mason, sauf qu'il le savait pas. Personne appréciait Fuckin' Barney, et il le savait pas non plus. Aucune raison de les tuer, ni l'un ni l'autre.

— Il n'y a jamais de raison, dit Mick.

Les hommes fumèrent et méditèrent là-dessus, en regardant des touffes de laîches dans le pré, le jaune de l'année précédente mêlé à des tiges vertes récentes. Une bécasse dodue décolla du sol avec un ver coincé dans son long bec.

— Ben ça alors, dit un des hommes. J'ai pas vu une mordorée depuis que je suis gamin.

Un autre homme tira un téléphone de sa poche et commença à scroller rapidement. Mick s'attendit à voir le cliché habituel – un dindon fraîchement abattu, un cerf avec une grosse ramure, ou un serpent mort disposé en travers d'une route pour montrer sa taille. Au lieu de quoi, il entendit le son métallique d'un saxophone. L'homme fit passer son téléphone. C'était une bécasse en pleine parade nuptiale, qui semblait se trémousser sur la chanson *Tequila* des Champs. Les hommes n'en pouvaient plus de rire.

— J'aurais pas dit non à un coup de tequila, tiens, dit un d'entre eux.

— J'ai une petite bouteille de bourbon dans la voiture.

— Du bourbon ou du bour-pas bon ?

— Du J.W. Dant.

Les hommes rirent encore, et l'un d'entre eux marcha jusqu'à sa voiture pour récupérer l'alcool bon marché. Il dévissa le bouchon, sourit et le jeta par-dessus son épaule.

— On n'en aura plus besoin, dit-il.

Ils se passèrent la bouteille. Chacun prit une longue goulée et essaya de masquer sa réaction à l'âcre brûlure. Mick se positionna pour être le dernier de la file, puis, quand la bouteille approcha de lui, il se déplaça de nouveau, s'avançant vers l'orée du champ comme s'il cherchait la bécasse du regard. Il ne voulait pas boire, mais savait qu'un refus ouvert serait une insulte.

Sandra sortit, Raymond sur ses talons. Elle serra tous les hommes dans ses bras, ignorant leurs relents de fumée, de bourbon et de sueur. Elle réserva la plus longue accolade à Raymond, puis elle sourit à Mick :

— Je crois que tu es prêt à filer.

Mick confirma d'un signe de tête.

— Ray-Ray, dit-elle, tu m'appelles sans faute.

— Ça marche, dit-il, avant de diriger ses yeux durs sur Mick : Faut qu'on parle.

Mick acquiesça et descendit la route jusqu'à son pick-up, content de quitter la maison, les gens et la tentation du bourbon. Quand il buvait, il n'avait plus envie de rien faire d'autre, et mieux valait ne pas commencer.

Il s'engagea sur la route. Sandra soupira, avachie de son côté de la banquette. Un vieux drap couvrait la garniture élimée.

— C'est tellement triste, dit-elle. Pauvre Mme Kissick.

— Elle est de ta famille ?

— Non. Mais je connais tous ces gars. J'ai grandi avec eux.

— Il y a eu quelque chose entre toi et Raymond.

Elle se redressa et lui décocha un regard pénétrant, combiné avec l'esquisse d'un sourire, qu'il n'arrivait pas à interpréter.

— Oui, dit-elle. Ça te pose un problème ?

— Non, dit-il rapidement. Pas du tout.

— Ben si, sinon t'en parlerais pas. Je crois bien que tu es jaloux. C'est ça ?

— De quoi ? dit-il. Non. C'est juste que… Je sais pas.

— Tu as connu Ray-Ray avant qu'il parte ?

— Non, dit Mick.

— Tu sais pourquoi il est parti ?

— Il s'est engagé chez les Marines.

— Oui et non. Oui, il s'est engagé. Mais ce n'est pas la raison.

Il continua à rouler, sachant qu'elle attendait une question de sa part, mais refusant de lui donner cette satisfaction. Il s'aperçut qu'elle avait raison – il éprouvait bien un pincement de jalousie, et maintenant il se comportait comme un gamin.

— C'était quoi, la raison ? dit-il.

— Ray-Ray est gay.

17

Le grand-père de Mick le réveillait tous les matins pour le long chemin à pied jusqu'à l'école, sur un sentier traversant les bois embrumés. Les hivers étaient cléments dans les collines, mais il neigeait souvent assez abondamment pour transformer les arbres dénudés en lustres. Il était en retard pour l'école, perdu dans les bois enneigés. Papaw criait son nom.

Mick se réveilla devant sa sœur en robe de chambre. Il fut aussitôt sur le qui-vive.

— Mick, dit-elle. Mick. Debout. Habille-toi.

Il se leva sans une pensée et se glissa dans ses vêtements, soigneusement disposés pour un départ rapide, ses bottes zippées au garde-à-vous. Linda préparait du café dans la cuisine. À travers la fenêtre, le sommet de la colline à l'ouest se teintait de jaune à mesure que la lumière poudroyait sur le versant.

— La police a appelé, dit-elle. Y a un incendie à la cabane de Papaw.

Mick quitta la maison et traversa la ville en trombe, ignorant les panneaux stop et les feux rouges, en se demandant si l'incendie était grave et comment il avait démarré. Une erreur, pensa-t-il, dès le début. Il avait fait une confiance aveugle à un cinglé, qui avait mis le feu à la maison de son grand-père. À l'entrée d'un vallon, il sentit la fumée, puis il la vit, une colonne sombre qui se dissipait au-dessus de la ligne de crête.

En haut de la colline étaient garés un fourgon d'incendie et un 4 x 4 Grand Cherokee portant l'emblème des pompiers. Un homme parlait dans un talkie-walkie. Trois autres tournaient le dos aux vestiges de la cabane de Mick – quatre murs carbonisés et rien d'autre. Le toit était parti en fumée, ainsi que les portes, les cadres de fenêtres et les trois marches en chêne de l'entrée. Les murs encore brûlants relâchaient de la chaleur dans l'air.

Le chef leva la main en signe de halte.

— C'est chez moi, dit Mick.

— Vous êtes le frère de Linda ?

Mick acquiesça.

— Désolé, mon vieux. On a rien pu faire. Quelqu'un a vu la fumée et a appelé le garde forestier, qui nous a contactés. Vous aviez quelque chose d'inflammable ici ?

— Non.

Le chef prit une profonde inspiration, regarda la cabane et baissa la voix.

— Il y avait quelqu'un qui dormait ici ?

— Ouais, Jacky Turner.

Le chef afficha une mine désolée, puis désigna la cabane du menton.

— On croyait que c'était vous, dit-il.

— Mort ?

— Sans doute l'inhalation de fumée. Il n'a rien dû sentir.

— Des marques ou des blessures sur le corps ?

— Dur à dire. Il reste pas grand-chose de lui.

Le vent tourna, soufflant la fumée vers Mick, charriant l'odeur âcre de l'essence.

— Vous sentez ça ? dit Mick.

— On pense que c'est un coup monté. Beaucoup d'accélérant et quelques bidons d'essence vides. C'est parti très fort. Les vieux murs ont bien résisté. Mais il ne reste rien à l'intérieur.

Mick regarda la coquille noircie de sa cabane, une boîte sans couvercle. Quelqu'un avait essayé de tuer Mick et avait eu Jacky à la place. Une ambulance de la ville remonta la colline, suivie par le véhicule personnel de Johnny Boy. Les secouristes s'entretinrent avec le chef des pompiers.

— Jacky ? dit Johnny Boy.

— Mort, dit Mick.

— Une de ses inventions à la noix qui a foiré ?

— Le chef parle d'un incendie volontaire.

— Qui voudrait lui faire du mal ?

— Je pense qu'ils en avaient après moi.

Johnny Boy brandit le poing. Mick vit le coup partir et se pencha en avant pour atténuer l'impact sur son visage. Il oscilla sur ses talons et attendit le suivant. Johnny Boy laissa retomber ses bras et regarda par terre.

— Désolé, Mick.

— Pas de quoi. Va voir ses parents. Linda va arriver d'une minute à l'autre. Laisse-la gérer la situation. Ne fais rien que tu pourrais regretter.

Johnny Boy s'éloigna, les yeux brillants de larmes. Mick l'ignora. Il était temps de mettre ses sentiments dans une boîte et de les enfermer très profond, comme dans un coffre-fort. Une mauvaise pensée conduisait toujours à une autre. Mick préférait la fureur au deuil. La cabane était tout ce qui restait de son passé, une ruine calcinée.

Il pénétra dans les bois et décrivit un cercle méticuleux, en quête de signes. Ne trouvant rien, il élargit le périmètre d'un mètre et recommença la ronde, puis deux fois encore, à deux mètres, puis six. Le sous-bois était intact, à l'exception de l'écorce des arbrisseaux rongée par les cerfs. Les incendiaires n'étaient pas venus par les bois. Ils étaient arrivés par la route, déjà empruntée par lui, le chef des pompiers, Johnny Boy et l'ambulance. Il l'arpenta tout de même à pied, sachant que ça ne servait à rien – toute trace des tueurs serait effacée.

Il retourna au sommet de la colline. D'autres véhicules étaient arrivés, dont le 4 x 4 de Linda. Il regarda deux pompiers, les bottes fumantes, le visage strié de sueur, emporter une housse mortuaire. De la vapeur s'élevait de leur tenue. Ils évoluaient lentement, prenant les plus grandes précautions pour charger dans l'ambulance leur fardeau funestement chétif.

— C'est qui ? demanda Linda.

— Le cousin de Johnny Boy, Jacky.

— Putain de merde de bordel à queue. Qui a fait ça ?

— Ça peut être n'importe qui. Y a des jeunes qui faisaient la fête ici pendant que j'étais pas là.

Elle flaira l'air.

— Une fête à l'essence ? J'ai mes doutes. Quelqu'un a démarré ce feu, et je parie que tu sais qui c'est.

— J'en suis pas sûr.

— C'est parce que je suis ta sœur que tu me le dis pas ? Ou bien t'es comme tous les connards sexistes du coin ?

— Parce que tu es shérif, dit-il.

— Raison de plus pour me le dire.

— Vaut mieux pas.

— Tu piges pas, espèce de mule. Est-ce que tu es en danger ? Est-ce qu'il y a quelqu'un d'autre qui risque d'être tué ? En tant que shérif, j'ai besoin de savoir ça.

Mick acquiesça.

— Tu as raison, dit-il. Je pense qu'il s'agit de représailles contre moi.

— Pourquoi ?

— Pour avoir presque trouvé qui a tué les Kissick.

— T'as intérêt à accoucher, bordel.

— Je ne sais pas encore tout, dit-il. Quand je saurai, je te dirai.

— Si t'es pas mort.

L'ambulance descendit la colline, avançant plus lentement que Mick ne l'aurait cru possible, le chauffeur cherchant certainement à protéger sa cargaison. Les animaux resteraient à l'écart jusqu'à ce que la chaleur redescende, puis ils se mettraient en quête de nourriture. Mick repensa à son grand-père qui lui avait raconté qu'après un incendie pendant la Grande Dépression, il avait fouillé dans les cendres pour récupérer des clous.

Il attendit que la colère de Linda se dissipe, puis il parla doucement.

— Et maintenant, frangine ? dit-il.

— Je vais appeler la police d'État et solliciter l'ATF*. C'est eux qui enquêtent sur les incendies volontaires. Je

* Bureau of Alcohol, Tobacco, Firearms and Explosives : agence chargée de faire appliquer la loi en matière d'alcool, de tabac, d'armes à feu et d'explosifs.

bosserai avec eux. Toi, il faut que tu te tiennes à l'écart de la cabane.

— OK, dit-il. Je serais d'avis de garder un œil sur Johnny Boy un moment. Il risque d'essayer de chercher qui c'était.

— Il ne ferait pas de mal à une mouche.

— Il pourrait. Il vient des collines, comme moi.

— Et moi.

— Non, c'est différent.

— Pourquoi, parce que je suis une femme ?

— Parce que tu as grandi en ville.

Mick monta dans son pick-up et quitta la colline, dépassant le camion de pompiers, trop lourd pour grimper la route de terre. Après quelques kilomètres sur le bitume, son téléphone gazouilla et il s'arrêta pour lire le message – un SMS du Dr Harker disant qu'elle devait lui parler. Il prit vers la ville, conduisant délibérément sous la limite de vitesse à cause de la rage qui bouillonnait dans son corps. À une station-service, il acheta un grand café dans un gobelet en polystyrène. Pour la première fois depuis des années, il éprouva une violente envie de cigarette. La dernière fois, c'était après une fusillade. À cinq contre un, sa section avait combattu plusieurs heures tout en effectuant une retraite tactique. Mick était le seul survivant.

Il roula jusqu'à l'université et regarda sa montre : huit heures et quart. Le campus était quasiment désert, à l'exception de quelques athlètes qui se hâtaient d'aller en cours et d'un camion bleu conduit par des agents d'entretien. Mick entra dans le bâtiment de géologie et frappa à la porte ouverte du Dr Harker.

— Entrez, dit-elle.

Elle regarda Mick plusieurs secondes, l'examinant comme un échantillon de terre sous son microscope. Quand elle parla, sa voix était empreinte de compassion.

— Asseyez-vous, dit-elle. Dites-moi ce qui ne va pas.

Mick s'installa en face d'elle, luttant contre l'envie de tout lui raconter.

— Des mauvaises nouvelles de nature personnelle, dit-il. Pourquoi vouliez-vous me voir ?

— J'ai parlé à mon collègue chimiste. Il est en congé sabbatique, donc ça a pris quelques jours. Il a analysé l'échantillon quatre fois pour vérifier les résultats. Vous êtes sûr que cette terre vient des bottes de votre victime ?

— C'est moi qui l'ai raclée. Pourquoi ?

— Elle contient une quantité importante de radium-226. Une substance hautement toxique.

— D'où vient-elle ?

— D'après ce que je comprends, c'est un résidu de la fracturation hydraulique de schiste.

— Le fracking, dit Mick. C'est devenu populaire après mon affectation à l'étranger.

— "Populaire" n'est peut-être pas le terme le plus adapté. C'est une manière d'extraire le gaz naturel pour produire de l'énergie. En gros, il s'agit d'injecter dans les schistes souterrains de l'eau sous haute pression mélangée à des substances chimiques. Le schiste se fissure et on peut alors extraire le gaz avec des pompes. Le gros inconvénient, c'est l'eau de reflux. Incroyablement toxique. On ne peut pas la boire ni se doucher avec, ni l'utiliser pour un potager. Il faut s'en débarrasser.

Le Dr Harker s'arrêta de parler avec un geste théâtral, comme si elle achevait la démonstration d'un cours magistral. Elle semblait attendre des questions d'un étudiant plus attentif.

— Comment est-ce qu'on s'en débarrasse ? dit Mick.

— Il y a différentes méthodes. Parfois, on la reverse directement dans un puits d'injection. La technique la plus courante, c'est les poches filtrantes pour déchets radioactifs. De grands sacs qui ont plus ou moins la forme d'un préservatif. Ils sont jetés illégalement, ou transportés hors de l'État. Il y a aussi la question des équipements contaminés. Le plus gros problème est qu'il n'y a aucun contrôle, aucun suivi fédéral du traitement des déchets.

— D'où vient la terre, d'après votre collègue ?

— C'est une bonne question, dit-elle.

Mick eut un mouvement d'approbation, reconnaissant cette technique d'enseignant consistant à féliciter un étudiant tout en se donnant le temps de formuler sa réponse. Sa patience et sa diplomatie s'étiolaient. Tel un jeune officier droit sorti du corps d'entraînement, elle devait avoir du mal à admettre son ignorance. Elle le surprit.

— Il ne sait pas, dit-elle. Et moi non plus. La loi du Kentucky interdit l'importation de déchets radioactifs. Mais il y a une décharge dans le comté d'Estill avec deux mille tonnes de ces déchets à côté d'une école élémentaire. Peut-être que votre victime travaillait là-bas. Les chauffeurs routiers y sont également exposés, surtout s'il s'agit de transport illégal.

— Pas lui. Il travaillait à son compte.

— Ah oui, comme dealer.

— Oui, et quelqu'un a tué son frère à Rodburn Holler il y a trois jours. Si j'étais vous, je n'en parlerais à personne, et je dirais la même chose à votre collègue.

— Est-ce que nous sommes en danger ?

— Pas si vous gardez ça pour vous.

Mick se leva d'un bond, un geste qui la prit de court. Il alla à la porte, prit une grande inspiration et se tourna de nouveau vers elle.

— Je suis sérieux, docteur Harker, dit-il. Gardez ça pour vous. Débarrassez-vous de cette terre et détruisez toutes vos notes.

Il sortit, réfléchissant au radium-226 sur les bottes de Fuckin' Barney. Peut-être que le camion qu'il avait vu aux Mushroom Mines contenait un chargement de déchets toxiques. Quelqu'un devait gagner un paquet d'argent s'il était prêt à tuer pour ça.

18

Shifty Kissick avait dormi sur son fauteuil inclinable toute la nuit, épuisée par le chagrin et le lorazépam qu'elle avait avalé avec du whiskey une fois tout le monde parti. Sa sœur lui avait proposé de rester dormir, mais Shifty l'avait renvoyée chez elle. Elle se sentait en sécurité avec Ray-Ray. À l'aube, il l'avait aidée à aller de son fauteuil à son lit. Il était torse nu et elle avait décidé de ne pas mentionner les tatouages qui couvraient son dos comme les pages d'une bande dessinée. Rien n'avait plus d'importance. Elle se blottit sous la couverture, versa toutes les larmes de son corps et sombra dans le sommeil.

Raymond effectua une série de cent abdos, cent pompes et cent sauts en étoile. Malgré l'effort, il respirait aisément. Un léger voile de transpiration se formait sur son corps. Il but deux verres d'eau adoucie par un cerisier planté par son père à côté du puits quarante ans plus tôt. Il fit du yoga pour s'étirer le dos, puis fouilla la maison. Sa mère avait un fusil .410 à canon scié, un petit pistolet .32 et un revolver .22 à canon long. Des armes personnelles, des armes de famille. Le fusil était bon pour les serpents et pas grand-chose d'autre. Il se rappela son père qui chassait des écureuils avec le .22, visant l'écorce à côté de la tête. Le choc de l'impact étourdissait l'animal et le faisait tomber de l'arbre. Son père appelait ça "écorcer un écureuil". Un moyen d'obtenir de la viande en minimisant les dégâts.

Raymond nettoya les armes par automatisme, sachant qu'il lui faudrait plus de puissance de feu si la maison était attaquée. Enfant, il n'appréciait pas Barney et avait à peine connu Mason. Ils étaient encore petits quand il s'était engagé chez les Marines. Il était revenu deux fois chez lui, une fois après ses classes et la deuxième pour l'enterrement de son père. Retrouver les voisins et la famille la veille avait été difficile – ces mêmes gens l'avaient jugé par le passé. À présent, ils l'ignoraient par peur. Le moment le plus marquant avait été de voir Sandra Caldwell, la seule amie qu'il avait à l'époque. Ados, ils s'étaient confié leurs rêves, aucun d'entre eux ne prévoyant qu'elle travaillerait pour le shérif ni lui pour les Marines, avec deux petits frères morts.

Il sortit et entama une séance de tai chi avec la position du Guerrier, suivie de Séparer la Crinière du Cheval. Respirant méthodiquement, il enchaîna dans un mouvement à peine perceptible sur La Grue Blanche Déploie ses Ailes. Au bout de vingt minutes, la sueur ruisselait sur son torse et ses membres. Il adopta la position du Coq d'Or debout sur une Patte, passant peu à peu d'un pied à l'autre.

Un vieux pick-up apparut sur la route, roulant au pas, puis s'arrêta. Quelqu'un en sortit et se planta à côté de la cabine. Raymond parvint à la position finale, inspira profondément et concentra son regard sur l'homme en poussant une longue expiration.

— Mick Hardin, dit Mick. On s'est vus hier.
— Sergent Salade de Patates.
— Tu dois être le premier homme du comté à faire du tai chi.
— Tu veux un café ?
Raymond rentra dans la maison et en revint avec deux tasses. Mick le suivit dans le jardin de derrière et ils s'installèrent sur des chaises métalliques à la peinture écaillée, une souche entre eux en guise de table. Il y avait une remise, un pneu suspendu à un pacanier pour faire balançoire et un poulailler vide.
— L'année dernière, dit Mick, ta mère avait une poule qui pouvait marcher à reculons.
— Ol' Sparky. Quelque chose l'a emportée. Un renard ou une buse. Maman n'a jamais cru aux animaux enfermés. Pareil pour les enfants.
Mick hocha la tête et but une gorgée de café fort. Quinze minutes plus tard, il avait raconté à Raymond tout ce qu'il savait sur les Mushroom Mines, le radium sous les bottes de Barney et l'incendie. Raymond l'écouta sans l'interrompre. Mick finit son café et jeta le marc, qui moucheta l'herbe comme les larves noires d'une mouche soldat.
— Donc pour résumer, dit Raymond. Tu penses que Barney a planqué son matos dans la mine il y a quelque temps. Puis quelqu'un s'est mis à jeter des déchets toxiques là-bas. Barney est revenu chercher sa came et ils l'ont tué, puis ils ont amené son corps en ville. Maman a envoyé Mason et ils l'ont tué lui aussi. Tu es allé voir et ils ont essayé de te cramer. Pour couronner le tout, la pègre de Detroit veut se faire rembourser.

— C'est mon hypothèse actuelle. Je pense que ces types des Mushroom Mines sont d'anciens militaires, des mercenaires qui travaillent pour le privé.

— Pourquoi tu me racontes ça à moi ? dit Raymond. Raconte-le à ta sœur.

— Une affaire pareille, elle devra la refiler à la police de l'État. La came et les déchets toxiques ont traversé les frontières du Kentucky, ce qui veut dire que le FBI va s'en mêler.

— En quoi ça te concerne ? C'est mes frères.

— Un homme qui dormait à la cabane de mon Papaw est mort parce qu'ils l'ont pris pour moi. Je l'aimais bien. Ils l'ont tué.

Raymond resta assis en silence plusieurs minutes. Mick se demanda s'il commettait une erreur en lui communiquant ces informations. Raymond voudrait se venger. C'était le code des collines, qu'il essayait de dissuader les autres de suivre, un chemin qui pouvait conduire à un bain de sang sur plusieurs générations, un chemin sur lequel il se trouvait lui-même engagé. Les hommes de la mine n'étaient pas des locaux, ce qui signifiait qu'il n'y aurait pas de vengeance familiale. C'étaient des porte-flingues opérant dans l'illégalité et tuant des civils. Le temps que les fédéraux soient mobilisés pour procéder à des arrestations, ils auraient mis les voiles depuis belle lurette. Il se demanda s'il cherchait à se persuader d'enfreindre la loi.

Raymond parla d'une voix douce, basse et contrôlée.

— Combien d'hommes tu as vus à la mine ? demanda-t-il.

— Quatre.

— T'es chaud ?

Mick opina.

— Il nous faut du matos, dit Raymond.

— Barney a des copains qu'ont des armes.

— Il a jamais eu de copains.

— Des concurrents. Ils avaient un deal. À mon avis, ils sont armés jusqu'aux dents.

Raymond se leva.

— On y va, dit-il.

Ils roulèrent en silence vers la ville et s'arrêtèrent à une banque, où Mick retira neuf mille dollars en coupures de cent. Il prit vers l'est sur l'Old US 60. L'aube s'était levée comme un voile. La lumière du soleil qui ruisselait sur la colline à l'est projetait une ombre déchiquetée sur la route goudronnée, la scindant entre obscurité et clarté. Un vent soudain exposa le dessous velouteux des feuilles d'un érable argenté.

— On va voir qui ? dit Raymond.

— Une famille de dealers. Rich Lange est le père, et j'ai vu deux fils. Au fin fond d'un flanc de colline.

— Coriaces ?

— Très.

— Je connais pas de Lange.

— Moi non plus. Ils sont juste après la limite du comté. Ton frère a établi un accord territorial avec eux sur le trafic d'héro.

Raymond s'installa confortablement sur la vieille banquette, bien droit, tête légèrement tournée pour regarder devant lui tout en scrutant le fossé. Mick reconnut la posture vigilante d'un homme en patrouille militaire. Il plaçait une grande confiance en Raymond, sans autre raison que son instinct. Il espérait que ce serait un choix payant.

— Tu sors avec Sandy ? dit Raymond.

— Non. On n'a même pas eu de rencard. Elle est venue avec moi chez toi, et on a rendu visite à son oncle.

— Oncle Merle ?

Mick acquiesça.

— C'était un vieux coucou cinglé il y a vingt ans, dit Raymond.

— Il a perdu une case de plus depuis. Ça doit être une maladie dégénérative.

— Toujours fana d'oiseaux ?

Mick confirma. Il freina avant une série de lacets qui suivaient une rivière, puis il accéléra sur le petit tronçon en ligne droite. Raymond penchait avec les virages, toujours détendu.

— Sandra t'a parlé de moi ? dit-il d'un ton désinvolte.

— Un peu. Ta mère aussi.

— Maman a dit quoi ?

— Que tu étais en Californie à cause d'une Mexicaine.

Raymond sourit.

— Maman aime pas les Mexicains. Elle en a jamais rencontré, mais elle s'est fait son idée. Tous les Mexicains sont affreux. Ce genre de conneries. Je savais qu'elle ne viendrait pas me voir si j'étais avec une Latina.

Mick hocha la tête.

— Le truc, dit Raymond, c'est que maman aime encore moins les gays que les Mexicains.

— T'as utilisé un préjugé contre un autre.

— Je la protégeais d'elle-même.

— Sandra dit que c'est pour ça que tu t'es engagé.

— Oui et non. Je voulais quitter ces collines, pareil que toi, sans doute. J'ai choisi les Marines parce que l'uniforme de cérémonie a une épée et des rayures rouges.

Mick se surprit à rire.

— Ça te pose un problème que je sois gay ? dit Raymond.
— Non. Tout ce qui m'intéresse, c'est comment tu te comportes sous le feu.
— Je pensais pareil pour toi.
— J'imagine qu'on va pas tarder à le savoir.
Ils roulèrent en silence sur le bitume, empruntant des routes de plus en plus étroites, puis une voie unique sans bande centrale qui finissait sur une fourche d'où partaient deux chemins de terre. Mick prit vers l'est, remontant la colline vers la crête. Les arbres raclaient le rétroviseur et la portière conducteur. Puis le chemin s'élargit et Mick s'arrêta.
— Voilà, dit-il. C'est ici qu'ils m'ont récupéré la dernière fois.
— Ils connaissent le pick-up ?
— Non, mais ils me connaissent, moi.
Mick klaxonna deux fois, ouvrit la portière et sortit. Il leva son pistolet et le posa sur le capot. Un homme d'une trentaine d'années émergea des bois avec un fusil Bushmaster semi-automatique doté d'une crosse pliable et d'un chargeur haute capacité. Il portait un bonnet camouflage, un T-shirt, un pantalon et des bottes. Il avait un couteau Bowie de vingt-cinq centimètres dans un fourreau accroché à sa jambe. Sa ceinture abritait un Glock dans un holster et un chargeur de rechange. Mick ne l'avait jamais vu.
— Je suis Mick Hardin, dit-il. Je viens voir Rich. Il me connaît.
Comme la première fois, l'homme transmit le message par téléphone interposé, écouta la réponse, puis parla.

— C'est qui, l'autre ?

— Le frère de Fuckin' Barney.

— Ils sont pas tous morts ?

— Pas l'aîné. Raymond.

L'homme eut un rictus et cracha.

— J'ai entendu parler de lui.

— Il faut qu'on soit là tous les deux. Dis ça à Rich pour moi.

L'homme attendit suffisamment longtemps pour signifier qu'il n'avait pas d'ordre à recevoir de Mick, puis il marmonna quelque chose dans le téléphone. Il grimaça.

— OK, dit-il. Un de vous deux a une arme sur lui ?

Mick fit non de la tête. Raymond sortit du pick-up, leva son T-shirt et tourna lentement sur lui-même. Mick s'avança et l'homme désigna la colline avec son fusil. C'était une erreur tactique. À cette distance, Mick était trop proche pour que l'homme puisse lui tirer dessus et il aurait pu l'éliminer aisément. Mick jeta un œil à Raymond pour voir s'il avait remarqué l'erreur. Raymond grogna et lui adressa un froncement de sourcils presque imperceptible.

Ils précédèrent l'homme sur la colline. Des rais de lumière filtraient à travers la voûte des chênes et des noyers, illuminant les fougères et la mousse. Un pic grimpa sur un tronc, tel un monteur de ligne sur un poteau téléphonique.

Rich Lange attendait sur le porche tandis que ses deux fils se tenaient dans le jardin. Tous étaient armés.

— Bonjour, monsieur Lange, dit Mick.

— Qu'est-ce que tu veux, encore ?

— Un peu d'aide.

— Déjà donné.

— Je sais. Et je vous en remercie. Cette fois, je compte vous payer.

— C'est qui, ton pote ?

Raymond fit un pas en avant.

— Raymond Kissick. L'aîné de Shifty.

La sentinelle en camouflage leva son fusil.

— Baisse cette arme, bon sang, Peanut, dit Rich. Si tu tires, la balle lui passera à travers et elle touchera soit moi, soit la maison.

— OK, dit Peanut. C'est juste que j'ai entendu parler de ce Raymond. Il a de drôles de penchants. Il aime la rondelle. J'ai pas envie qu'il s'approche de trop près. On peut pas faire confiance à une pédale.

Personne ne parla. Mick sentait des vagues de tension émaner de Raymond. Les fils Lange restèrent impassibles, mais le père plissa les yeux pour foudroyer Peanut du regard, qui leva le menton en signe de défi. Mick se tourna légèrement pour garder un œil sur tout le monde.

— Peanut est un de vos fils ? dit Mick.

— Non, dit Rich. Il a foutu ma fille en cloque et il l'a épousée il y a trois mois.

— Donc c'est pas votre sang.

— Pas une goutte.

Les deux fils Lange concentrèrent leur attention sur Mick, intéressés par ce revirement abrupt dans la conversation. Raymond ne bougeait pas. Ses paupières étaient en berne et il était impossible de savoir ce qu'il regardait. Il aurait aussi bien pu dormir.

— Hé-ho, dit Peanut. C'est pour nous tous que je dis ça. Ces pédés, ils viennent derrière toi et ils essaient de t'attraper le poireau.

— Monsieur Lange, dit Mick, pouvez-vous le faire taire pour qu'on puisse parler affaires ?

— J'arrive à rien avec lui, dit Rich. Peut-être que vous ferez mieux.

Mick regarda Raymond et désigna Peanut d'un signe de tête. Quelques secondes passèrent, pendant lesquelles une mésange poussa un cri. Raymond se jeta en avant, comme catapulté, et attrapa le canon du fusil. Il le tordit vers le bas et l'écarta de Peanut, puis frappa la main qui tenait la détente. Peanut lâcha le fusil et Raymond le lança derrière lui. Utilisant ses deux mains, il attrapa le pistolet à la ceinture de Peanut et dégaina le couteau Bowie.

— Si tu veux te battre, dit-il, je pose le flingue et le couteau.

— Tu m'as cassé le doigt, putain, dit Peanut.

— Je mets une main derrière le dos pour que tu aies ta chance. Tu peux porter le premier coup.

Peanut fronça les sourcils en se demandant si c'était une ruse. Mick eut presque de la peine pour lui et espéra qu'il battrait en retraite. Peanut jeta un regard à ses beaux-frères, qui souriaient de toutes leurs dents, et Mick sut que l'humiliation allait l'emporter sur le bon sens. Peanut adressa un signe de tête à Raymond et se leva.

Raymond posa les armes dans l'herbe, plaça son bras droit derrière son dos, et glissa sa main dans sa ceinture. Il leva le bras gauche sur le côté. Peanut attaqua avec un coup de poing circulaire, que Raymond esquiva facilement. Emporté par son élan, Peanut tituba, puis il se retourna pour une nouvelle tentative. Raymond déplaça son corps et le poing manqua son visage. Il décrivit un arc vers la droite, attendant la prochaine attaque, espérant une feinte maladroite. Sans surprise, Peanut s'approcha en agitant son poing droit dans l'air, puis il pivota pour décocher un gauche, mais Raymond s'était déjà détourné.

— Tu peux te rendre maintenant, dit Raymond.

— Arrête déjà tes conneries de karaté et on verra.

— OK, dit Raymond. Je bouge plus, alors.

— Tu le jures ?

— Je pourrais, mais tu me croirais pas. T'as dit que tu pouvais pas faire confiance à une pédale.

— Je vais te niquer.

— Non merci, dit Raymond. Alors, tu te rends ou tu attaques ?

— Tu vas vraiment pas bouger ?

Raymond foula le sol, un pied après l'autre, comme pour prendre racine.

— Pas d'un pouce, dit-il.

— Vous l'avez entendu, dit Peanut à ses beaux-frères. Il a dit qu'il bougerait pas.

Ils confirmèrent en silence. Peanut chargea, et Raymond lui décocha un rapide uppercut au menton. Peanut s'écroula sur le dos, bras écartés. Il reprit ses esprits en quelques secondes. Raymond l'aida à s'asseoir et examina sa main. Il regarda Rich.

— C'est une fracture stable, dit-il. Scotchez son doigt au majeur pendant quelques semaines. Il va s'en remettre.

Raymond récupéra le fusil et le pistolet, éjecta les deux chargeurs et posa les armes par terre à côté d'un érable. Il mit le couteau Bowie au milieu.

— Monsieur Lange, dit Mick. On croit savoir qui a tué Fuckin' Barney et Mason. On a besoin d'armes.

— Allez au magasin. Les recherches d'antécédents, ça prend dix minutes.

— Je veux aucune trace officielle de la vente.

— À cause de ce que t'as en tête ?

Mick acquiesça.

— Hors de question, dit Rich.

— Pourquoi ?

— Tu vas t'en prendre à quelqu'un, il va trouver où t'as eu les armes et ça me fera un ennemi de plus.

— Vous les connaissez pas, dit Mick. Ils ne font pas dans le trafic de drogue.

— Ils font dans quoi ?

— Je crois qu'il s'agit de rejet illégal de déchets toxiques.

— T'en es pas sûr ?

— Il nous faut des armes pour le savoir.

— Ici, dans le comté d'Elliott ?

Mick secoua la tête.

— Ça m'en touche une sans faire bouger l'autre.

— C'est juste à la limite du comté, dit Mick. Ça nous les touchera toutes si cette merde finit dans l'eau potable.

— C'est si grave que ça ?

— Assez pour tuer trois hommes, ouais.

— Qui était le troisième ?

— Jacky Turner. Il dormait dans la cabane de mon Papaw quand ils l'ont brûlée.

— Ils croyaient que c'était toi ?

Mick acquiesça. Rich se gratta la barbe et rajusta sa casquette, gestes qui, Mick le savait, lui donnaient du temps pour réfléchir. Le soleil matinal éclaira une longue bande de nuages déchiquetés fendue par une traînée d'avion.

— Quand j'étais petit, dit Rich, ces avions faisaient des bangs supersoniques. Des gros *boum* qui réduisaient les bois au silence. Ça secouait les carreaux des fenêtres et ça arrachait les bardeaux des toits. Je les entends plus.

— Ils ont été interdits dans les années 1970, dit Mick.

— Comment on interdit un bruit ?

— On peut pas, dit Raymond. Ce qu'ils ont fait, c'est qu'ils ont interdit aux avions supersoniques de survoler la terre. Cet avion-là est plus lent. Ce qu'on appelle subsonique. Il franchit pas la barrière du son.

— T'es dans l'aviation ? dit Rich.

— Non, monsieur.

— Tu dois bien être dans quelque chose.

Raymond haussa les épaules sans parler. C'était bon signe qu'il refuse de répondre à la question sous-entendue, mais Mick voulait éviter un nouveau conflit.

— Monsieur Lange, dit-il. On a besoin d'acheter deux fusils d'assaut, deux pistolets semi-automatiques et des munitions. Vous pensez pouvoir nous aider ?

— Ouaip, fit Rich. Autre chose ?

— Deux gilets tactiques. Deux équipements audio avec écouteurs tactiques. Des holsters. Des grenades assourdissantes.

— Pas d'assourdissantes.

— Et des grenades à main ? dit Raymond.

— Pas ça en stock, dit Rich. Tout ça va vous coûter une jolie somme.

— Combien ? dit Mick.

— Combien vous avez ?

Mick regarda la traînée de l'avion se dissiper en une longue plume grise contre le bleu. Il ne voulait pas perdre de temps à négocier. Rich était en position de force. Plus vite ils en auraient fini, mieux ce serait.

— J'ai neuf mille, dit Mick.

Rich sourit, et les années quittèrent son visage. Il ressembla soudain à ses fils.

— Nom d'un canard boiteux, dit-il. Fallait me dire ça y a une demi-heure. Ça aurait épargné une raclée à Peanut. (Il regarda ses fils.) Les garçons. Un de vous ramène Peanut à la maison et lui scotche le doigt. L'autre montre à Hardin ce qu'on a. Moi, je vais causer avec le Kissick.

Le plus jeune fils aida Peanut à se relever et l'escorta vers la maison. Mick rejoignit l'aîné. Raymond les regarda partir jusqu'à ce qu'ils soient hors de vue. Un chien aboya, puis un autre, le son provenant de l'arrière de la maison.

— T'es sûr, pour le doigt de Peanut ? dit Rich.

— Ouais. Si on le casse mal, il est en vrac. Si on fait ça bien, ça se répare. J'ai fait ça bien.

— Où t'as appris ça ?

Raymond haussa les épaules.

— Fuckin' Barney était réglo, dit Rich. Tu comptes prendre sa suite ?

— Non, monsieur.

— C'est quoi que tu veux ?

— Remettre les pendules à l'heure.

— C'est vrai ce qu'a dit Peanut sur toi ? dit Rich.

— Non, monsieur. Je suis quelqu'un de très fiable.

— C'est pas de cette partie que je parle.

Une sturnelle gris et jaune se posa sur un piquet de clôture et regarda autour d'elle, les épaules voûtées. Au bout de quelques secondes, elle tendit le cou et lança trois notes en l'air. Aucun des hommes ne parla. Rich s'assit sur une chaise.

— Toi, je comprends pourquoi t'es là, dit-il. La famille. Mais le petit Hardin, comment il s'est retrouvé mêlé à tout ça ?

— Je me pose la question.

— Vous êtes pas potes ?

— Je l'ai rencontré il y a deux jours.

Mick et l'aîné de Rich contournèrent la maison en portant des armes et des équipements. Ils posèrent le tout sur les marches du porche comme des gâteaux à la kermesse. Mick tira une liasse de billets de cent de sa poche. Il tendit l'argent au fils Lange, qui le compta, puis adressa un signe de tête à son père.

— Avant que tu partes, dit Rich, faut que tu me dises pourquoi tu fais ça.

— Mon Papaw a construit cette cabane. C'est là que j'ai grandi.

— Nan, t'es passé ici avant qu'elle brûle.

— Je vous avais expliqué.

— Tu peux me réexpliquer, mon pote, dit Rich. À moins que t'aies une raison de garder ça pour toi. Peut-être que tu comptes reprendre le business de Fuckin' Barney, par exemple.

— J'ai déjà un travail.

— Soldat, ça paie pas des masses.

— Pas faux, dit Mick. Mme Kissick m'a demandé de trouver qui avait tué son fils.

— Ça a suffi ?

Mick acquiesça.

— Elle te paie ?

— Elle a pas d'argent.

— Tu es timbré, dit Rich. Mais tu me plais. Allez, filez, tous les deux.

Raymond et Mick portèrent le matériel jusqu'au pick-up. Ils s'arrêtèrent deux fois pour voir s'ils étaient suivis. Personne, à l'exception d'un vautour qui décrivait des cercles dans les airs comme s'il attendait que quelque chose meure. Deux bruants traversèrent une étroite ouverture entre les arbres.

— Neuf mille, dit Raymond. Tu t'es fait dépecer.

— Je sais. Je voulais juste quitter ce flanc de colline.

— Pourquoi t'as apporté cette somme exacte ?

— Patriot Act. Si tu retires dix mille, la banque doit le signaler au fisc.

— Et maintenant ? dit Raymond.

— J'ai une affaire personnelle à régler.

— OK. Dépose-moi chez maman. Je vais nettoyer les armes et vérifier le matériel.

Ils roulèrent en silence jusqu'au bitume, traversèrent le cœur du comté et prirent la route de terre jusqu'à la maison des Kissick. Ils transportèrent le matériel à l'intérieur. Mick adressa un signe de tête à Raymond et s'en alla.

19

Chez Linda, Mick tira de sa valise les papiers du divorce et en disposa trois exemplaires sur la table de la cuisine. La formulation était simple, le document court. Peggy recevait les trois quarts de leurs économies et renonçait en échange à la pension de l'armée de Mick. Leurs seuls biens étaient la maison en ville, le pick-up et la cabane. Il avait accepté de troquer la maison contre la cabane, un marché déjà inégal à l'époque, pire maintenant que la cabane avait brûlé. Il contempla les papiers officiels un long moment. Leur aspect définitif le contrariait. Le simple fait d'écrire son nom allait effacer une partie importante de sa vie.

Chaque page comportait de petites vignettes avec des flèches désignant les endroits nécessitant sa signature. Il supposa que c'était censé l'aider, mais il en éprouva du ressentiment, comme si les papiers lui donnaient des ordres. Il était en train d'émarger lorsque sa sœur entra par la porte de la cuisine. Linda ouvrit la bouche pour parler, vit ce qu'il était en train de faire et pinça les lèvres, serrées comme le tendon sur l'os.

Mick signa la dernière feuille et glissa l'original et une copie dans une enveloppe.

— T'as besoin de timbres ? dit-elle. Y en a dans le tiroir à bricoles.

— Là où maman les rangeait, dit Mick.

— Certaines choses ne changent jamais.

— Ouais… Ben je crois que Peggy et moi si.

— Si elle a pris un avocat de Rocksalt, je peux les déposer.

— Je vais les lui remettre en personne.

— Tu crois que c'est une bonne idée ?

— Sans doute pas. Mais ça me semble être la meilleure chose à faire.

Elle quitta la pièce et revint avec un carton rempli de pancartes qui disaient VOTEZ HARDIN sous une photo couleurs d'elle en uniforme. Elles étaient plus grandes que les précédentes, de meilleure qualité.

— J'ai eu mon pote flic à Lexington, dit-elle. Il a reconnu les couronnes jaunes sur les sachets d'héro. Il dit qu'on en trouve dans toute l'agglomération. Apparemment, elles proviennent d'un dealer de moyenne envergure à Frankfort. Le truc, c'est qu'il est en taule en ce moment.

— Depuis combien de temps ?

— Trois mois. Ça pourrait être quelqu'un qui cherche à agrandir son territoire.

— Quelques couronnes jaunes à Rocksalt, c'est pas vraiment ce que j'appelle s'agrandir.

— Pourquoi tu fais ça, bordel ? dit-elle. À chaque fois. Tu contestes ce que je dis, et ensuite tu pinailles. J'ai déjà ma dose avec le maire. La moitié du temps, il te pose une question juste pour contredire la réponse.

— Je fais pas exprès, frangine. C'est comme ça que je réfléchis. J'essaie d'aller au fond des choses.

— Ben commence par rester en surface. C'est de l'héro de Frankfort qui est à Rocksalt. Quelqu'un l'introduit ici. Il va y en avoir encore.

Linda n'avait pas tort – il avait une tendance à picorer au sol comme une poule, jusqu'à ce qu'il n'y ait plus un brin d'herbe et qu'il en soit réduit à becqueter de la caillasse et de la terre. La vérité finissait par émerger, mais c'était mal de prendre sa sœur pour un sol à picorer.

— Tu crois que ça veut dire quoi, la couronne ? dit-il.

— Ça pourrait être n'importe quoi. Rolex. Hallmark. Corona. Peut-être que c'est quelqu'un qu'aime le RC Cola.

— Tu as réfléchi à la question.

— C'est mon boulot, je te signale.

Elle alla à la porte de la cuisine, que Mick s'empressa d'ouvrir pour elle. Elle porta le carton sous l'auvent, ouvrit le hayon et le glissa à l'arrière du 4 x 4.

— Classes, les pancartes, dit-il.

— Ouais, j'ai pris des bénévoles pour les poser devant les maisons de vote et les stations-service. Une sorte de rappel de dernière minute.

— C'est demain, l'élection ? dit-il.

— Oui, bordel. Tu le saurais si tu t'intéressais à autre chose qu'à toi-même.

— Hmm-hmm. Je peux installer des pancartes sur la route d'Owingsville.

— C'est la deuxième circo, dit-elle. J'ai quelqu'un sur le coup.

— J'essaie d'aider, frangine.

— Trop peu, trop tard. Comme d'hab.

Mick laissa passer. Elle était stressée par l'élection et il était un exutoire commode à son angoisse. Il supposa que Johnny Boy évitait Linda. Il s'aperçut que lui-même évitait Sandra.

— Une chose, dit-il. Je démissionne de mon poste d'adjoint.

— Accepté.

— Il faut aussi que tu en avises la police municipale. Ils étaient là quand tu m'as nommé adjoint.

— Ça les regarde pas.

— Non, et crois-moi c'est mieux comme ça.

Elle claqua le hayon du 4 x 4 et lui lança un regard mauvais.

— Qu'est-ce que tu manigances ? dit-elle.

Mick ne répondit pas.

— C'est une histoire avec la cabane de Papaw ? dit-elle.

— C'est une histoire de distance formelle entre le shérif et son frère.

— Formelle ?

— Tu vois ce que je veux dire, frangine. C'est mieux si tu dis aux flics que je n'ai plus aucun lien avec ton service.

— Ça me plaît pas beaucoup.

— Ce qui te plaît pas, c'est de ne pas savoir. Pareil pour l'élection.

Elle hocha la tête, puis interrompit brusquement son mouvement.

— Et voilà, tu m'as refilé cette manie. Tu sais que j'ai toujours détesté tes hochements de tête. Toi et Papaw dans la même pièce, c'était un concert de hochements de tête.

— C'est comme ça qu'on communiquait.

— J'aime le bon vieux langage.

— Avec des gros mots.

— Ben ouais, putain. Jurer te fait vivre plus longtemps. Tu le savais ? Ça permet d'évacuer.

— Tu vas vivre cent dix ans.

Elle sourit. Son expression adoucit la tension de son visage.

— Quoi que tu fasses, dit-il. Ne hoche pas la tête.

Elle rit et il se sentit soulagé, comme s'il avait fait son devoir. Il avait le don de faire rire sa sœur depuis leur enfance. Personne d'autre n'y parvenait.

— Faut que j'y aille.

— Bonne chance pour demain. Tu vas gagner.

Le visage de Linda se durcit de nouveau. Elle monta dans sa voiture, sortit en marche arrière et descendit Lyons Avenue. Peggy hors de sa vie, Mick n'avait plus que sa sœur comme famille. Tous les autres étaient morts depuis longtemps, sauf quelques cousins qu'il n'avait pas vus depuis des années. Il regretta de ne pas être plus proche de Linda, mais il ne savait pas comment s'y prendre. Peut-être que c'était pour ça que Peggy l'avait quitté.

À la sortie de la ville, il s'arrêta prendre de l'essence et partit vers l'ouest sur l'Old US60. Il dépassa l'embranchement vers Lakeview Heights, une zone résidentielle huppée sans aucun lac en vue. Quelques kilomètres plus loin, il traversa le secteur de Farmers, traversa la Licking River et se gara sur le bas-côté devant une pancarte de sa sœur. Le pied était tordu. Il le redressa et l'enfonça fermement dans le sol. Une voiture passa. Le conducteur leva son index du volant et Mick se demanda si l'homme lui faisait signe à lui, au vieux pick-up ou à la pancarte de sa sœur. Dans tous les cas, il inclina le menton en réponse. Deux hommes de la campagne observant les anciens codes, avec le strict minimum de mouvements.

Mick roula encore quelques kilomètres et s'arrêta à Zimmy's Quick Stop pour une bouteille d'Ale-8. Le paysage était légèrement plus plat, ce qui signifiait plus de fermes, et il se demanda à quoi ressemblerait sa vie si son arrière-grand-père s'était installé ici et non au fond des collines. C'était une vieille habitude à laquelle il s'efforçait de ne pas se laisser aller, s'imaginer dans d'autres vies que la sienne – fermier, commerçant, avocat, médecin. Au lieu de quoi, il s'apprêtait à finir sa carrière dans l'armée, une issue qu'il n'avait jamais souhaitée. Tire quatre ans et fais des études. Tire trente ans et tu n'auras plus ta place nulle part en tant que civil. Peut-être qu'il était temps d'arrêter. D'ici deux ans, il aurait atteint les vingt ans réglementaires et pourrait ouvrir une marina sur Cave Run Lake. Il bronzerait jusqu'au restant de ses jours.

Il s'aperçut qu'il ruminait ainsi pour éviter de penser à ce qu'il allait faire. La dernière fois qu'il avait vu Peggy, elle venait d'accoucher et elle était shootée de médicaments à l'hôpital. C'était l'année précédente. Elle lui avait écrit une fois, quand elle avait appris pour sa blessure. Il avait à la fois envie et pas envie de la voir. Elle aurait beau changer, il verrait toujours la jeune femme qu'il avait rencontrée dix-sept ans auparavant, vive et curieuse, aimante et intelligente. Elle avait une spontanéité qui lui plaisait, une qualité absente chez lui. Elle était toujours prête à tout lâcher pour aller n'importe où, mais elle n'était pas allée plus loin que quarante kilomètres de chez elle.

Il entra dans Owingsville et s'arrêta. Les papiers du divorce comportaient l'adresse de Peggy, qu'il tapa dans le GPS de son téléphone. Il était à moins de cinq cents mètres. Il eut l'envie subite de faire demi-tour, de rouler jusqu'à l'aéroport de Lexington et de repartir en Allemagne. Sa jambe était guérie. Il pouvait retourner travailler.

Il redémarra et roula jusqu'à l'adresse. Owingsville était une ville agréable, agencée de manière traditionnelle, avec le siège du comté au milieu d'une place bordée de magasins. Il passa devant trois églises, deux banques et une bibliothèque. La plupart des gens vivaient à l'ouest de la place, dans de petits pavillons avec des auvents, similaires à celui de sa sœur. Il bifurqua deux fois et ralentit à quelques mètres de l'adresse de Peggy. Sa boîte aux lettres était visible, étincelante au soleil. Il envisagea d'y glisser l'enveloppe et de s'en aller, mais il voulait la voir une dernière fois. À tout le moins, il fallait qu'elle ait une occasion de le voir, au cas où il ne reviendrait pas entier des Mushroom Mines. Ce n'était pas de l'égoïsme, se dit-il. C'était à elle qu'il pensait.

Il s'arrêta devant une maison en briques avec des volets blancs et des cadres de fenêtres en aluminium. La voiture de Peggy était dans l'allée. Une rampe en fer forgé conduisait à un perron en béton. Les gouttières étaient propres, la descente rutilante. Il sortit du pick-up, inspira, traversa la pelouse et frappa à la porte. Personne ne répondit, mais il entendait une télévision à l'intérieur. Il frappa de nouveau, plus fort. Elle était sans doute en train de se promener, pensa-t-il, peut-être avec une poussette. Il n'y avait pas de trottoir, et il espéra qu'elle faisait attention à la circulation. Il frappa une troisième fois. De nouveau pas de réponse, ce qui lui apporta un curieux soulagement. Il alla à la boîte aux lettres, puis il se demanda s'il ne valait pas mieux glisser la lettre à l'intérieur de la porte moustiquaire. Peggy était peut-être déjà allée chercher le courrier. Mais peut-être qu'ils n'utilisaient pas la porte de devant, et qu'ils entraient du côté du garage. Il se tenait là, immobile et incertain.

— Mick?

Il se tourna et la vit arriver par le côté de la maison, un bébé d'un an à sa hanche. Les cheveux du bébé étaient de la même couleur que ceux de sa mère. Peggy portait un short en jean et un chemisier bleu clair sans manches. Ses avant-bras arboraient des taches de rousseur récentes, comme si elle passait plus de temps au soleil à présent.

— J'ai frappé, dit-il.

— J'étais derrière avec Ruby.

— Elle te ressemble.

— Tu trouves?

— Oui, dit-il. Tu as l'air en forme.

— Je ne sais pas. J'ai encore mes kilos du bébé.

Mick eut une moue dubitative. Il ne voyait pas très bien ce qu'elle voulait dire. Le bébé avait l'air de peser une dizaine de kilos, ce n'était pas si lourd que ça. Il ne savait pas comment continuer la conversation. Il y avait très peu de bruit dans la rue. Un carillon tinta, semblable à un lointain clocher d'église. Quelque part, une porte moustiquaire claqua. Toutes les maisons se ressemblaient.

— Sympa, ici, dit-il.

— Je m'y plais bien. Comment va ta jambe?

— Mieux.

Ruby gigota et Peggy s'accroupit pour la poser par terre. La petite fille portait une longue chemise jaune par-dessus une couche. Plissant ses minuscules yeux marron face au soleil, elle s'agrippa à la jambe de sa mère.

— Bon, dit Peggy.

— J'ai signé les papiers.

Peggy cligna deux fois des yeux, puis elle sourit comme Mick ne l'avait pas vue faire depuis des années. Il comprit qu'il l'avait rendue heureuse, ce qui lui fit plaisir. Le moyen d'y parvenir le désola.

— Merci, dit-elle.

— Je dois y aller, dit-il. Je retourne bientôt à la base.

— Passe le bonjour à Linda.

Il hocha la tête et monta dans le pick-up. Elle s'était déjà éloignée, évoluant lentement, son attention concentrée sur Ruby. Il fit demi-tour dans l'allée des voisins. Quand il repassa devant la maison de Peggy, elle avait disparu. Il retraversa la ville, prit Slate Avenue jusqu'à l'Interstate et roula jusqu'à Rocksalt. Cela lui faisait de la peine que la vie de Peggy soit meilleure que lorsqu'ils habitaient ensemble. Il en éprouvait un chagrin incommensurable.

À la maison de Linda, il rédigea un testament, signa et data le papier, et le glissa dans sa valise. Il se coucha tôt et resta allongé en rêvant d'avoir du percocet, du whiskey, ou les deux.

20

LINDA s'éveilla en sursaut, le corps déjà tendu d'anxiété par l'élection du jour. Elle n'avait pas besoin de café, mais elle en but quand même pour prévenir la migraine de midi. Elle se brossa les cheveux, les noua en chignon, puis enfila son uniforme le plus neuf, tout droit sorti du pressing. Devant le miroir, elle envisagea de se maquiller. Il était possible qu'elle apparaisse sur une photo ou une vidéo sur les réseaux sociaux. Un coup de maquillage ne ferait pas de mal. Elle n'en avait pas porté depuis son dernier rencard et elle avait trop chargé la dose cette fois-là. OK, Linda, se dit-elle. Arrête. Va bosser.

Elle enfila son ceinturon, emporta son chapeau de shérif dans la cuisine et rinça sa tasse de café. Son frère était encore au lit, et elle se déplaçait sans bruit. Ces derniers jours, il était plus distant qu'à l'ordinaire. Dans la voiture, elle mit son chapeau, l'ajusta dans le rétroviseur et roula jusqu'au poste. L'opératrice de nuit lui indiqua d'un signe de tête qu'aucun appel n'exigeait d'intervention. Elle semblait fatiguée. Son mari travaillait pour la compagnie d'électricité, et pouvait être appelé hors de chez lui à toute heure du jour et de la nuit.

— Rentre chez toi, dit Linda.

— Tu es sûre ? Il est tôt.

— Ouais, va préparer tes enfants pour l'école. Je reste jusqu'à ce que Sandra embauche.

— Merci, dit l'opératrice. Little Pete vient de commencer le primaire, et ça fait quatre jours que j'ai pas vu Big Pete. La grosse tempête a coupé l'électricité dans trois comtés. Il parcourt les bois pour trouver d'où vient la panne.

Linda alla dans son bureau et consulta le programme du jour. Encore un petit déjeuner de pancakes dans une heure. Puis une visite rapide dans une maison de retraite, planifiée juste avant que les résidents embarquent dans le bus pour aller voter. Un déjeuner avec discours au club des Jeunes Démocrates de l'université. Si les jeunes et les vieux votaient pour elle, tout irait bien – tant que la météo suivait. Après le déjeuner, elle avait deux autres visites prévues, chacune incluant de la nourriture, puis un dernier meeting où elle espérait célébrer sa victoire. Les bureaux fermaient à six heures.

Elle parcourut ses notes pour les discours, apporta quelques précisions et rectifications. Chaque fois qu'elle s'exprimait en public, son adversaire envoyait quelqu'un prendre des notes et livrait ensuite une variation de son discours. C'était flatteur d'être l'objet de plagiat, mais chaque intervention exigeait l'ajout de nouveaux éléments. Quelques jours plus tôt, elle avait choisi de ne pas mentionner la prise d'otage au Dollar General, parce que personne n'avait été blessé et que tout le monde appréciait Jaybird Watts. Il était en cure de désintoxication, avec la promesse de retrouver son ancien travail à la clé. Elle ajouta une brève anecdote sur la nécessité de services sociaux au lieu de peines de prison pour les primo-délinquants en matière de stupéfiants. Les familles appréciaient.

La porte d'entrée s'ouvrit et se ferma. Elle reconnut le pas de Johnny Boy avant qu'il passe sa tête par l'encadrement.

— Hello, dit-il. Prête pour le grand jour ? Je parie que t'as pas fermé l'œil.

— Dormi comme un bébé. Pleuré toute la nuit et chié au lit.

Johnny Boy fronça les sourcils et se retira dans son bureau. Elle savait qu'il n'avait jamais apprécié la vulgarité. Comme tout le monde, à part Mick, qui trouvait ça drôle. Sa jambe allait clairement mieux, ce qui signifiait qu'il rentrerait bientôt en Allemagne. Elle consulta l'heure sur son téléphone. Il était temps d'y aller. Elle entra dans le bureau de Johnny Boy, qui réorganisait méticuleusement ses dossiers.

— Je dois filer, dit-elle. Reste ici jusqu'à l'arrivée de Sandra et prends tous les appels. S'il n'y en a pas, tu peux aller faire une ronde pour veiller à ce que personne ne renverse mes pancartes.

— Oui chef.

— On se voit à la salle polyvalente à cinq heures.

— Laquelle ?

— Sur la rocade.

— Laquelle ?

— Laquelle quoi, Johnny Boy ?

— La rocade. Il y en a deux.

— Il n'y a qu'une salle polyvalente sur une rocade.

— Ouaip, dit-il, sur Flemingsburg Road. La salle polyvalente Carl D. Perkins. D, c'est pour Dewey. Tu sais qu'il zozotait ? Il disait que ça l'aidait à faire homme du peuple. Peut-être que tu devrais zozoter dans tes discours.

— Ferme ta gueule, Johnny Boy.

Elle s'en alla et salua Sandra, qui sortait de sa voiture sur le parking.

— Bonne chance, shérif, dit Sandra.

— Tu trouves que je suis une femme du peuple ?

— Oui, surtout pour les femmes. Pour les hommes âgés, peut-être pas. Les jeunes ne s'intéressent plus vraiment au genre. Tout est fluide, maintenant, fluctuant.

— De quoi tu parles ?

— De rien, dit Sandra. Tu auras mon vote et celui de ma famille.

— Merci. Ça va, je suis présentable ?

— Super. Tu es super.

Linda hocha la tête et partit chez les anciens combattants, où elle essaierait de ne pas manger trop de pancakes. Elle n'avait jamais aimé ça.

21

RAYMOND était végétarien, ce qui faisait de lui un paria dans les Appalaches. Pour le petit déjeuner, il prépara une omelette avec du fromage, des oignons, de l'ail des bois et un navet coupé en dés. Sa mère refusa d'en avaler une seule bouchée et exigea des saucisses et des œufs avec un toast de pain de mie. Il s'exécuta, et elle mangea en silence, avant de se retirer sur le porche pour fumer des cigarettes et boire du café. Il ne s'inquiétait pas pour elle. Chez les Marines, il avait appris que le mauvais sang n'avait jamais fait avancer qui que ce soit. Il y avait toujours deux options – lutter ou obéir. Il préférait généralement obéir, surtout avec ses supérieurs, sa mère ou Juan Carlos, qui l'attendait à San Diego. Juan Carlos lui avait déjà écrit deux fois dans la matinée.

Raymond lava la vaisselle et envoya un SMS à J.C. pour lui dire que tout allait bien. Dans un placard à balais, il trouva une pile de sacs en papier de supermarché, qu'il posa sur la table. Il apporta les armes dans la cuisine – un Glock 9 mm, un pistolet SIG Sauer M17 et deux pistolets mitrailleurs Colt M4. Il démonta les armes une par une, les nettoya à fond et les remonta. L'odeur familière du dissolvant et de l'huile emplit la cuisine. Les armes étincelaient dans la lumière blafarde. Il alla à la porte, où sa mère contemplait la lisière des arbres le long de la route.

— Maman, dit-il.

Au bout de plusieurs secondes, elle tourna lentement la tête pour le regarder. Une parente lui avait donné du lorazépam et il se demanda combien de cachets elle avait pris.

— Maman, dit-il. Je vais m'entraîner derrière. Du tir sur cible.

Elle reporta ses yeux vers les arbres. Deux étourneaux décrivirent une courbe basse dans le jardin, à quelques mètres du porche. Elle ne réagit pas. Raymond revint dans la cuisine, rassembla les armes et sortit par la porte arrière. Il les posa sur une vieille table de pique-nique à laquelle il mangeait enfant. Avec les sacs en papier, il façonna des cibles rudimentaires et les plaça à intervalles réguliers sur la colline, jusqu'à la forêt. Le M4 avait une portée maximale de cent quatre-vingts mètres, mais par expérience, Raymond était plus à l'aise dans le combat rapproché. Il positionna la queue de détente sur semi-automatique, rafale limitée, puis rafale automatique, agréablement surpris par la précision des deux fusils. Les pistolets étaient satisfaisants, eux aussi. Il ajusta la mire du SIG Sauer à sa convenance, puis il rentra. Son téléphone avait deux nouveaux messages de Juan Carlos et un de Hardin annonçant qu'il était en route.

Raymond retourna voir sa mère, qui n'avait pas bougé. Il prépara une tasse de café pour elle et un thé pour lui. Ils restèrent assis en silence, le regard dans le vide. Peu à peu quelques oiseaux lancèrent un cri, comme s'ils testaient l'air, après avoir été réduits au silence par les coups de feu. Raymond envoya à Juan Carlos un message avec une série d'émojis. Il trouvait ce mode de communication idiot, mais J.C. aimait bien les petites images.

— Fils, dit Shifty sans bouger.

— Maman.

— C'était pas des bruits de fusil ni de carabine.

— Non.

— Ça a un rapport avec tes frères ?

— Oui.

— Bien, dit-elle. Fais attention.

— Promis.

Le soleil s'était élevé au-dessus des collines pour traverser la route et atteindre le porche. Shifty retira ses chaussons et agita ses orteils dans la chaleur. Raymond la revoyait faire ça quand il était petit. Il pensa soudain qu'il pourrait ne pas survivre à la nuit.

— Maman, dit-il.

— Fils.

— J'ai quelque chose à te dire.

Elle attendit en silence.

— Je suis gay, dit-il.

— Je sais.

— Ah bon ?

— Je l'ai toujours su, dit-elle.

— Tu n'as jamais rien dit ?

— Je savais pas comment.

Raymond réfléchit. Il paraissait absurde qu'elle ait pu connaître son secret le plus intime depuis des années. Cela venait chambouler son rapport à son propre passé.

— Je n'ai pas de petite amie mexicaine, dit-il.
— J'imagine bien.
— C'est un homme.
— Un mari-femme ?
— On n'est pas mariés.

Le soleil remonta le long des jambes de Shifty et elle retroussa légèrement sa robe d'intérieur pour révéler ses tibias. Sa peau était sèche.

— Tu veux de la crème pour tes jambes ? dit-il.

— Non merci. Ton oncle était comme ça, aussi. C'est de famille.

— Les jambes sèches ?

Elle émit un petit rire. En tant qu'aîné de cinq enfants, Raymond avait eu le double rôle de l'épauler et de la distraire. Dans leurs meilleurs jours, il faisait les deux à la fois.

— Lequel ? dit-il.
— Oncle Henry.
— Je ne l'ai jamais rencontré.

— Le frère de ton père. Il s'est fait tuer à cause de ça à l'âge de seize ans. Personne n'en parlait à l'époque. Ton papa, il guettait le moindre signe chez chacun d'entre vous. C'est pour ça qu'il vous a élevés à la dure.

— Il pensait nous changer à coups de trique ?

— Non, fils, dit-elle. Il voulait que vous puissiez vous défendre si un de vous était comme ça. Ton papa voulait pas perdre un enfant comme il avait perdu son frère.

Le thé de Raymond était froid, mais il le but quand même. Il avait éprouvé du désir pour les hommes depuis l'âge de douze ans, l'avait pleinement compris à seize ans, mais n'était jamais passé à l'acte avant d'avoir terminé ses classes à Pendleton. Il avait loué une voiture, roulé jusqu'à L.A. et trouvé un bar à West Hollywood. Une pensée absurde et contradictoire lui traversa l'esprit. Il était content que son père soit mort jeune et qu'il n'ait pas eu à enterrer trois fils, mais Raymond aurait voulu qu'il soit encore en vie pour voir celui qui était gay se battre pour la famille.

Il entendit un moteur et scruta la route. Le pick-up de Mick arriva dans son champ de vision, ralentissant à l'approche du virage. Il se gara sur l'herbe, encore tassée par tous les véhicules après l'enterrement. Par souci de bienséance, Shifty rabattit sa robe sur ses jambes nues.

— Bonjour, madame Kissick, dit Mick.

Elle le salua du menton et reprit sa surveillance des bois. Mick suivit Raymond à l'arrière de la maison. Les armes étaient alignées sur la table de pique-nique. Seize chargeurs supplémentaires étaient disposés à côté, quatre par arme.

— Tu les as essayées ? dit Mick.

— Ouais. Elles sont en meilleur état que je ne pensais. J'ai réglé la mire des M4 et du SIG.

Mick hocha la tête. Il prit le Glock, vérifia la chambre, et y inséra un chargeur. Il adopta une position isocèle et tira deux fois sur la cible la plus proche, deux fois sur une située au milieu et deux fois sur la plus lointaine. Il traversa le champ, encore suffisamment humide de rosée pour mouiller ses bottes, mais pas son pantalon. Il avait touché les trois cibles près du centre, mais légèrement en haut à droite. Après avoir réglé la mire, il tira sur chaque cible de nouveau, satisfait du résultat. Le M4 avait une sangle en goutte d'eau qui était trop longue pour lui et il la resserra pour l'ajuster à son bras droit. Il mitrailla la première cible en mode rafale et regarda les bouts de papier fendre l'air. Il passa en mode rafale limitée, baissa la sangle, la redressa rapidement et tira sur la deuxième cible. Il déplia la crosse, visa soigneusement la dernière cible en haut de la colline et fit feu.

— Touché, dit Raymond. Pas mal.

Il écarta un monoculaire de son œil.

— C'est les Lange qui nous ont donné ça ? dit Mick.

— Nan, ça traînait dans la maison. Mason chassait le cerf. Un mois avant le début de la saison, il laissait des vêtements et du matériel dans le mirador. Il disait que les cerfs s'habitueraient à l'odeur.

— Si un cerf était assez proche pour flairer des vêtements, il l'aurait senti lui.

— C'est ce que je lui ai dit. Il voulait rien savoir.

— Barney chassait ?

— Non. Il chassait pas, pêchait pas, se battait pas. Il allait jamais au bout des choses. Mason menait sa barque, pour autant que je sache. Barney, c'était un cas.

— Il devait être bon à quelque chose.

— Les maths. Il était doué pour les affaires. Il plaisait aux femmes. Jamais eu de régulière, mais il papillonnait. Une par-ci, une par-là, tu vois. Maman a peut-être des petits-enfants partout dans le comté.

— Tonton Ray-Ray.

Mick traversa le jardin et remonta la colline, récupérant les cibles. Raymond ramassa les étuis. Ils s'assirent à la table de pique-nique et nettoyèrent les armes. Un écureuil les observait depuis un pacanier. Mick lui adressa un salut amical, sachant qu'il risquait de mourir tout à l'heure et ne plus jamais voir d'écureuil.

— J'ai divorcé hier, dit Mick.

— Moi j'ai fait mon coming out auprès de ma mère.

Ils regardèrent les bois. L'écureuil était parti. Mick se leva et parla.

— Je passe te prendre à 4h30.

Mick s'en alla. Raymond apporta les armes dans la cuisine. Il prépara une nouvelle tasse de café pour sa mère, et ils s'assirent en silence sur le porche. Raymond se demanda à quoi elle pensait, mais il préféra ne pas poser la question. Il regarda le profil de sa mère, les épaules en arrière, l'expression de son visage aussi fixe qu'une falaise de granit dans l'orage. Il l'étudia, essayant de le mémoriser au cas où il prendrait une balle à la mine. Il graverait son image dans sa tête en mourant.

22

En route vers la ville, Mick passa devant une petite maison en pierre calcaire où des gens faisaient la queue pour entrer et voter. Les pancartes électorales s'agitaient comme des mauvaises herbes le long de la route. Mick se gara sur le parking du bureau du shérif à côté de la voiture de Sandra et traversa l'asphalte gris délavé. Les deux places réservées au shérif et à son adjoint étaient libres. À l'intérieur, Sandra était à son poste, le combiné du téléphone contre l'oreille, écrivant sur un bloc-notes. Elle acquiesça, remercia, raccrocha et toisa Mick.

— Bonjour l'adjoint, dit-elle. J'ai eu un appel pour toi. Une femme a vu un coyote devant son poulailler.

— C'est un crime ?

— Absolument. On a une cellule spéciale pour les coyotes.

Mick hocha la tête.

— Je plaisante, dit-elle.

— Je ne suis plus adjoint. J'ai démissionné.

— Si on n'est plus officiellement collègues, on peut déjeuner ensemble.

— Euh, je sais pas trop.

— Tu vas devoir prendre à emporter, dit-elle. Linda est en campagne et elle a dit à Johnny Boy de faire le tour des circonscriptions tant qu'il n'est pas appelé ailleurs. Je suis seule toute la journée.

Mick hocha la tête.

— Il y a un mexicain, dit-elle. Un chinois. Un italien. En plus de tous les fast-foods habituels.

— Qu'est-ce que tu aimes ?

Elle haussa les épaules, affectant une mine penaude.

— Dairy Queen, dit-elle.

— Tu commandes, et je vais chercher. Cheeseburger bacon, oignon cru, petite frite, eau sans glaçons.

Il roula jusqu'au Dairy Queen, attendit la commande cinq minutes et retourna au bureau du shérif. Sandra avait déplacé une chaise et dégagé un coin de table pour qu'ils puissent s'asseoir de part et d'autre. Elle avait commandé un menu avec des frites et un granité bleu. Il attendit qu'elle avale sa première bouchée. Elle le fit avec un enthousiasme qu'il n'avait vu qu'en Italie, la pure joie de manger pour le plaisir des saveurs et des odeurs.

Sandra se lécha les doigts, s'essuya la bouche et s'enfonça dans son fauteuil.

— Tu es perdu dans tes pensées, dit-elle. Il y a un problème ?

— Pas vraiment.

— C'est moi ?

Il fit signe que non, espérant qu'elle n'insiste pas. Elle risquait de prendre son explication pour un jugement sur sa façon de manger. Il préféra changer de sujet.

— J'ai déposé mes papiers de divorce, dit-il.

— De plus en plus romantique.

— Je ne suis pas légalement divorcé, mais presque.

— C'est ton idée d'un plan cul post-rupture ?

— Non, dit-il. Je ne sais pas ce que c'est. Un déjeuner. Je pensais… Je veux dire… Je ne sais pas ce que je veux dire. C'est pas ça.

— Je rigole, Mick. Est-ce qu'on t'a déjà dit que tu étais trop sérieux ?

Il acquiesça.

— Tu connais des blagues ? dit-elle.

— Juste une. Un termite entre dans la chambre de ses enfants et dit “rongez, un peu”.

Il la regarda froncer les sourcils en décortiquant la blague, la répétant dans sa tête. Elle lui jeta un bref regard pour vérifier si c'était tout. Puis elle se pencha en arrière, renversa la tête vers le plafond et rit comme si elle s'était retenue pendant un mois.

— Elle est bonne, dit-elle. La meilleure que j'aie entendue depuis un bail.

— Elle est facile à retenir.

— Je la raconterai à Oncle Merle. Il aime toutes les blagues sur les animaux.

— Le termite est un animal ?

— Oui, ce n'est ni une plante ni un champignon, ni une bactérie ni un protiste.

— Comment tu sais tout ça ?

— J'ai écouté en cours de science.

Mick hocha la tête. Peut-être que les écoles de la ville étaient meilleures que celles de la campagne, ou peut-être qu'il avait raté cette semaine-là. Il était souvent absent, réquisitionné par son grand-père pour des travaux. L'école ne lui en tenait pas rigueur, parce qu'il avait d'excellentes notes grâce à sa technique consistant à lire les manuels la première semaine de cours, puis à les relire les veilles de contrôle.

— Tu penses encore dans ta tête, dit-elle.

— Ouais. Je pense à l'école. C'était trop facile.

— L'université aussi ?

— Encore plus. J'ai pas pris l'option science.

— Qu'est-ce que tu as étudié ?

— La criminologie. Option psychologie. Ça m'a pris un moment parce que j'étais en service, mais c'est l'armée qui payait. Toi ?

— Deux ans de sciences politiques à Rocksalt. Après je suis partie au Royaume-Uni pour ma licence de droit.

— Pas de master ?

— Ça ne me plaisait pas vraiment. Trop de mensonges et de circonvolutions. Ensuite, je me suis mariée et je suis rentrée ici, et ça n'a pas marché. Le jour où j'ai signé les papiers du divorce, je n'avais pas été aussi heureuse depuis des années. Et toi ?

— Plutôt du soulagement, je crois. On était malheureux depuis longtemps sans le savoir. Et puis les choses se sont gâtées. Être heureux ne faisait pas partie de l'équation. Ça n'a jamais été un objectif. J'ai toujours vu le bonheur comme un corollaire.

— De quoi ?

— De vivre comme il faut. De prendre les bonnes décisions.

— Est-ce que j'ai les dents bleues ? dit-elle.

— Un peu, à cause du granité.

— Bien.

— C'est ce que tu veux ? dit-il.

— Ça me donne un air effrayant si quelqu'un débarque ici.

Un demi-sourire flotta sur le visage de Mick.

— Il finit quand, ton congé ? dit-elle.

— Dans deux jours.

— Mince, dit-elle. C'est parfait.

Mick ne voyait pas ce qu'elle voulait dire. Une longue minute de silence passa entre eux.

— J'ai ma journée demain, dit-elle.

— Un mercredi ?

— J'ai fait beaucoup d'heures sup' pour assurer les permanences. Johnny Boy est d'astreinte demain. Ta sœur sera soit en train de célébrer sa victoire, soit au trente-sixième dessous.

— Avec elle, les deux sont aussi pires.

Elle rit de nouveau. Mick enveloppa les restes de leur repas dans les emballages des burgers et se leva.

— Je vais mettre ça dehors pour que tu n'aies pas l'odeur dans ton bureau, dit-il.

— Viens dîner chez moi.

— Je peux pas, dit-il. J'ai un truc à régler.

— Plus tard, alors. On pourra boire une bière et écouter les cigales.

— Ça risque de durer un moment.

— Est-ce que t'es en train de m'envoyer balader ?

— Non, dit-il. Je ne sais pas quand j'aurai fini.

— Quand les hommes parlent comme ça, c'est soit une femme, soit une partie de poker.

— Ni l'une ni l'autre.

— Si la lumière du porche est allumée, dit-elle, c'est que je suis debout.

Il hocha la tête et s'en alla. Le soleil de midi tapait sur le parking et formait des ombres épaisses dans les fourrés. Il jeta les emballages dans une poubelle, en se demandant ce qui venait de se passer. Il roula jusqu'à chez sa sœur, se déshabilla et s'allongea dans son lit. D'ordinaire, il était expert en sieste, compétence essentielle pour les soldats, mais il n'arrêtait pas de ressasser ce déjeuner dans sa tête. Il n'avait pas le souvenir d'avoir déjà autant parlé et ne comprenait pas pourquoi il l'avait fait.

À trois heures, il passa des vêtements sombres et dénicha une trousse de secours dans un tiroir de la cuisine. C'était du matériel de drugstore, bon pour les égratignures et guère plus. Il y préleva un tube de pommade antibiotique et quatre grands pansements adhésifs. Il les glissa dans une poche cargo avec un rouleau de ruban adhésif, une pince coupante, un tube de superglu, une lampe de poche et un kit de couture. Ce n'était pas beaucoup, mais ça ferait l'affaire. Dans la remise jouxtant l'auvent, il prit une paire de gants de travail et une pelle, sachant qu'il risquait d'avoir à creuser pour trouver la valise. Il rangea le tout dans le pick-up, fila chez les Kissick et se gara sur l'herbe.

Raymond sortit, portant un gilet tactique léger avec des chargeurs, une gourde et le SIG Sauer dans un holster de poitrine. Il arborait une casquette sans insigne. Il donna à Mick un harnais, le Glock et un casque audio. Dans le jardin, ils testèrent les équipements radio à cinq cents mètres et un kilomètre, avec de bons résultats. Mick roula en silence sur des routes goudronnées à voie unique jusqu'à Lawton. Il désigna l'embranchement vers les Mushroom Mines et le dépassa pour bifurquer sur un chemin de terre qui s'achevait sur un champ verdoyant, hors de vue. Il gara le pick-up et coupa le moteur.

— C'est à un gros kilomètre par cette route, dit Mick. Un seul accès pour entrer et sortir. Mieux vaut laisser le véhicule ici.

— T'as fait beaucoup de reconnaissance ? dit Raymond.

— Avant le CID, ouais. Ça fait un bail. Toi ?

— C'est une de mes spécialités.

Mick hocha la tête et Raymond descendit du pick-up.

— Si ça tourne mal, dit Mick, envoie-moi un SOS et rejoins la route. J'y serai.

Raymond s'enfonça dans les bois, courbé et silencieux. S'il devait fuir à pied, Mick voulait faciliter leur exfiltration. Il s'entraîna six fois à se pencher sur la banquette pour ouvrir la portière passager, puis il ferma les yeux et répéta le mouvement six fois de plus. Il détendit son corps du mieux qu'il pouvait. La banquette était bosselée et craquelée, couverte de mousse qui fuyait par les coutures. La règle d'or pour les soldats était de manger et de dormir quand c'était possible, parce qu'il pouvait se passer plusieurs jours avant qu'on en ait de nouveau l'occasion. Le reste du temps, on attendait – on attendait les ordres, on attendait la gamelle, on attendait en formation. Le pire était d'attendre son tour de sauter d'un avion.

Il respira doucement et effectua des calculs simples dans sa tête, le regard évoluant le long de la lisière des arbres. Tandis que le soleil basculait derrière la colline, le crépuscule sembla émerger de la terre. L'espace gris entre les arbres devint noir. Quelques lucioles apparurent au sol, des femelles attirant les mâles avec leur luminescence. Les grenouilles émettaient des grincements de machines rouillées par les intempéries. Une chouette rayée poussa un cri, suivie d'une autre, les deux revendiquant leur territoire. Une femelle lança un couinement strident et les mâles répondirent. Les lucioles proliféraient, des centaines de points clignotants dans le champ derrière le pick-up. Une chauve-souris fusa devant le pare-brise, tournant frénétiquement en attrapant des insectes en l'air.

Mick regarda l'heure – dix minutes à peine s'étaient écoulées. Le temps lui avait paru beaucoup plus long, et il reprit sa respiration calculée. Il ne pouvait pas permettre à ses pensées de dériver vers Sandra, l'élection, son ex-femme et son bébé, les ruines calcinées de la cabane construite par son arrière-grand-père. Essayer de ne pas dériver était une dérive en soi. Il avait refoulé sa colère jusqu'à être vidé, comme une carapace de tortue boîte abandonnée dans la forêt – un extérieur rigide qui entourait du néant. Rien d'autre n'importait que de rester en vie. Il ne se souciait de rien, ni de personne. Il ne se souciait pas de Raymond, mais seulement de l'exfiltrer en lieu sûr.

L'adrénaline était tapie dans son corps, prête à jaillir. Commençant par ses orteils, il banda et détendit ses muscles, faisant bouger chaque jambe mentalement, puis recommença avec ses doigts et ses bras. Il roula ses épaules et son cou, entendant le léger claquement des tendons. Les lucioles disparurent. La nuit était pleinement arrivée. La bande de ciel entre les collines s'emplit de guirlandes d'étoiles.

Il se souvint de son grand-père lui apprenant comment marcher en silence la nuit dans les bois – poser d'abord l'extérieur de chaque botte par terre, puis la semelle, lentement. À la moindre résistance imperceptible, au moindre froissement de brindilles, il fallait s'arrêter et avancer son autre pied. Il s'était entraîné pendant des semaines, jusqu'à ce que ça devienne instinctif et qu'il soit en mesure de surprendre son grand-père. Après ça, Papaw avait entrepris de lui montrer comment négocier l'obscurité. Il avait préparé deux pâtons, les avait appuyés contre les yeux de Mick, enroulé deux fois un bout de tissu autour de sa tête et fait un nœud. Il avait dit à Mick de rester au même endroit pendant trois heures au fond du jardin. C'était une leçon sur l'écoute, ainsi que sur l'acceptation de son incapacité à voir. Le lendemain, Mick avait marché trois mètres dans les bois, les bras dans la position recommandée – l'un en diagonale devant son visage, l'autre à angle droit devant son torse – de manière à se protéger des branches basses et des ronces. Chaque jour il marchait plus loin, pendant plus longtemps, s'égratignant le visage et les bras. Oh, c'est juste une éraflure, pensait-il, puis il isolait cette sensation et l'ignorait. Au bout du compte, la douleur importait aussi peu que la vue.

Après un mois de leçons, Papaw avait retiré le bandeau. La clé pour voir la nuit, lui avait-il expliqué, c'était de ne rien regarder directement. Si Mick maintenait ses yeux en mouvement, déplaçait son attention, il pouvait maximiser ses capacités périphériques. Dans une obscurité modérée, il y voyait à cinq mètres devant, de chaque côté et derrière. Quand il marchait, cette limite évoluait avec lui, l'encadrait, jusqu'à cesser d'être une contrainte.

Une heure et demie passa. Quelques insectes entrèrent par les fenêtres ouvertes du pick-up. Il les chassa machinalement, sans un bruit. Les grenouilles avaient cessé leur vacarme. Mick estima qu'il fallait à Raymond trente minutes pour monter la colline, une heure trente de reconnaissance et encore trente minutes pour revenir. Avec une marge d'une heure, en plus ou en moins. Sans bien connaître Raymond, Mick se fiait à sa formation. Un Marine de Trinity représentait beaucoup face à une force limitée.

Il entendit un léger bruissement à l'extérieur du pick-up et se pencha en arrière pour réduire sa silhouette. Son casque cliqua deux fois.

— Je suis là, fit Raymond.

Une minute plus tard, Raymond ouvrait la portière passager et grimpait, ignorant le pistolet. Il but à sa gourde et s'essuya la bouche. Renversant la tête en arrière, il parla au plafond en métal nu.

— Neuf hostiles, dit-il. Un sur la colline au-dessus de l'entrée. Il a un fusil de précision avec trépied et visée thermique. Pas de guetteur, il est seul. Deux sentinelles fixes sur le périmètre, une de chaque côté de la route, à l'est et à l'ouest. Cinq autres qui patrouillent l'entrée. Il y a quatre tentes, inoccupées. Trois véhicules. Dont un camping-car pour le mess.

— Armes ?

— AR-15 avec des chargeurs de rechange. Ceux de dehors ont pas d'arme de poing.

— Estimation ?

— Opérateurs aguerris. Les sentinelles ont des casques audio.

Mick fixa la lisière des arbres plongée dans la pénombre.

— Évaluation ? dit-il.

— Contradictoire. Ils sont positionnés pour empêcher les gens d'entrer, pas pour repousser un assaut. Mais la force est supérieure aux besoins. Le sniper est perturbant. Il a un fusil longue portée, mais la zone d'élimination est courte. Inutile et peu pratique.

— Peut-être que c'est à ça qu'il est formé. Ils prennent ce qu'ils ont sous la main.

— C'est lui qu'il faut neutraliser en premier.

— Options ?

— On attaque maintenant. Ou on attend.

— Laissons-leur le temps de s'ennuyer et de se fatiguer.

Mick démarra le pick-up et suivit la 174 à travers les collines jusqu'à Open Fork. Des années auparavant, son ancienne école élémentaire avait brûlé mystérieusement et il n'en restait qu'une carcasse de pierre calcaire à ciel ouvert. Mick contourna l'école et se gara derrière la vieille chaufferie. Son souvenir préféré de l'école était de traîner dans la chaufferie les matins froids et de parler au concierge, M. Tucker. Un mince ruisseau coulait à côté de l'école. Pendant les périodes de sécheresse, M. Tucker descendait des seaux d'eau en bas des berges pour remplir les bassins isolés et maintenir les alevins en vie.

— Temps de repos, dit Raymond. Tu veux l'arrière ?

— Tu es plus grand. Vas-y.

Raymond quitta la cabine et s'installa dans la benne du pick-up, la suspension ployant sous son poids. Mick régla l'alarme de son téléphone. Il s'étendit sur la banquette, genoux pliés. Il envisagea d'ouvrir la porte pour ses jambes, mais elles pendraient et feraient pression en bas de son dos. S'il calait ses bottes sur la fenêtre ouverte, ses genoux se raidiraient. Il avait dormi sur pire – sanglé dans un avion de transport de troupes, sur un sol en béton dans un bivouac improvisé, sur de la roche dure en Syrie pendant deux semaines. Il s'imagina allongé sur une plage sous un ciel azur, la ligne d'horizon de la même couleur que la mer. Il entendit le ressac aller et venir en tandem avec sa respiration. Il avait chaud, il était calme. Il dormit.

23

L'ALARME du téléphone réveilla Mick deux heures plus tard. À travers le pare-brise, il vit Raymond en pleine séance de tai chi au clair de lune. Le ciel scintillait d'étoiles. Mick sortit du pick-up et étira son dos et ses membres courbaturés. Ils discutèrent de la mission, établissant un plan flexible et des codes de communication.

Ils repartirent vers les Mushroom Mines et se garèrent au pied de la colline. Mick glissa le Beretta dans la boîte à gants et le Glock dans son holster. Ils emportèrent les M4 dans les bois et entamèrent l'ascension de la colline, en parallèle de la route. La nuit était silencieuse, le ciel dégagé, avec une demi-lune suspendue comme une assiette cassée.

À l'approche du sommet, Raymond interrompit ses pas et parla dans un murmure.

— Quelles sont les RE ?

Mick leva la tête pour croiser son regard. Poser la question des règles d'engagement était le signe d'un Marine sérieux.

— C'est pas une guerre, dit-il. Éliminer toute menace. En garder un pour l'interroger.

Raymond disparut dans l'obscurité et Mick partit vers l'est dans une coulée creusée par la pluie. Il inspecta une nouvelle fois son M4, puis il entama une lente ascension silencieuse vers la sentinelle postée en haut de la route. Il rampa sur plusieurs mètres, s'arrêta, tendit l'oreille une minute et reprit sa progression. La sueur mouillait ses vêtements. Deux fois, il croisa les yeux de charognards nocturnes et s'arrêta jusqu'à ce qu'ils s'en aillent. Au-dessus de lui, une paire d'épaules humaines et une tête se découpaient contre le ciel. Mick se décala pour avoir une meilleure vue et s'aperçut que la sentinelle était adossée à un chêne. Il leva le M4, respirant par la bouche afin de faire le moins de bruit possible. L'homme était vigilant, mais pas méfiant, observant la route au lieu de la colline.

Mick vida son esprit et imagina une pierre incandescente, un vieux truc de combat. Je suis la pierre, pensa-t-il. Je suis le feu. Rien ne peut m'atteindre. Il gardait la mire braquée sur la tête de l'homme. Il ignorait les insectes qui le trouvaient. Je suis la pierre incandescente. Son casque audio cliqueta deux fois, signifiant que le sniper était hors d'état de nuire. Mick attendit encore. La sentinelle fit rouler ses épaules, se dandina d'une jambe sur l'autre et piétina, ignorant qu'il était observé. Une demi-heure passa. La sentinelle décrivit un cercle, puis retourna à son poste devant le chêne.

Mick relâcha ses muscles pour prévenir les courbatures. Une fois l'action lancée, il aurait besoin d'une mobilité totale. Je suis la pierre, je suis le feu. Rien ne peut m'atteindre. Son casque cliqua trois fois. Raymond était en position pour éliminer l'autre sentinelle. Mick resserra sa prise et rajusta la mire. Il fléchit ses orteils pour une meilleure adhérence. Il parla dans un murmure à peine audible.

— Un. Deux. Trois. Go.

Il pressa la détente et la sentinelle tomba. Le bruit de son arme résonna dans son oreille, mais il put entendre l'écho du tir de Raymond. Mick bondit en avant, passant en mode rafale limitée. Les branches lui râpèrent le visage et les bras. Il traversa la route au pas de course vers les constructions inachevées, cherchant la patrouille mobile. Il s'accroupit dans l'ombre massive d'un mur. À sa gauche, il entendit une rafale d'AR-15. Raymond avait engagé les hostilités.

Mick se déplaça jusqu'au bout du mur. Se dirigeant avec le canon de son fusil, il glissa la tête au coin et la recula pour attirer une rafale. Les balles criblèrent le mur là où sa tête s'était trouvée. Une balle traversa le mur, aspergeant Mick d'éclats de béton. Il courut à l'autre bout du mur, le contourna, aperçut l'ennemi et ouvrit le feu. L'homme tomba dans l'obscurité. Mick chargea. L'homme était allongé sur le dos, brandissant un AR-15 à une main en position de tir. Il lâcha une rafale au hasard avant que Mick ne lui colle une balle dans la poitrine.

Mick resta en mouvement. Il entendit des pas à sa droite et changea brusquement de direction, tirant vers le bruit, puis bondissant pour se mettre à couvert derrière une petite structure en brique. Des tuyaux dépassaient. Il était exposé sur trois côtés. L'ennemi pouvait le repérer facilement.

Dans un élan soudain, il traversa le terrain en courant vers le bâtiment le plus éloigné, lâchant des rafales pour tenir l'ennemi à distance. Le M4 s'enraya. Il se jeta contre le mur de briques, lâcha le fusil et dégaina le Glock. Derrière lui, il percevait les détonations sporadiques de la fusillade de Raymond. Mick patienta. Il entendit le bruissement de bottes sur du gravier. L'homme arriva au coin du bâtiment et Mick l'abattit de deux balles.

Il rangea son pistolet dans son holster, récupéra l'AR-15 de l'ennemi et courut vers Raymond.

Il tomba sur une structure plus achevée – trois murs, un cadre de porte et deux ouvertures pour les fenêtres. Ni plancher ni plafond. Un homme tirait depuis l'intérieur. Mick jeta un œil par l'encadrement de la porte. L'homme fit volte-face, déclencha une rafale, puis bondit par l'ouverture basse de la fenêtre. Mick pivota pour se faufiler le long du mur extérieur. Il était plongé dans l'ombre, mais complètement exposé à l'espace dégagé où l'ennemi avait décampé. Il n'y avait aucun son. Il perçut un mouvement derrière un petit tas de ciment durci et tira. Les deux balles ricochèrent sur le ciment et un homme courut en diagonale, en direction de la lisière des arbres. Mick tira encore deux fois. L'homme courut de plus belle. Une rafale automatique fusa à la gauche de Mick, l'homme tituba dans son élan et tomba. Courant accroupi, Mick s'approcha des herbes maculées de sang et abattit l'homme de deux balles.

— Rap-sit, dit-il.

— Quatre à terre. Un prisonnier.

— Position ?

— Forêt de ton côté de la route.

— J'arrive.

Mick traversa le terrain en position de combat, pivotant brusquement pour regarder derrière lui à intervalles réguliers. Si leurs calculs étaient justes, ils avaient éliminé toute menace, mais Raymond aurait pu omettre un homme dans sa reconnaissance. Le terrain descendait en pente vers la lisière des arbres et Raymond émergea des fourrés. Mick baissa son arme et alluma sa lampe. Deux hommes étaient étendus par terre, un mort, un blessé. L'avant du T-shirt de Raymond était noirci de sang. Mick désigna la tache.

— T'es touché ?

— Juste une balle traversante. Rien de vital.

— Laisse-moi jeter un œil.

— Après qu'on aura interrogé ce connard, dit Raymond.

Il désigna l'homme étendu sur le ventre, qui avait pris deux balles dans la jambe droite et une dans la main. Il avait les yeux ouverts. Il perdait du sang, mais pas trop vite. Sa main était une bouillie d'os explosés et de cartilage.

— Il a dit quelque chose ? dit Mick.

— Rien.

Mick s'accroupit et braqua sa lampe dans les yeux de l'homme, qui se mirent à papillonner. Ses pupilles étaient dilatées.

— Il a peut-être une commotion, dit Mick.

— Tu m'étonnes. Je l'ai assommé.

— Après lui avoir tiré dessus ?

— Il trahissait ma position. C'est parce que je l'ai gardé en vie que j'ai été repéré.

Raymond enfonça son doigt dans les côtes de l'homme, qui gémit. Mick pointa son arme vers l'espace autour d'eux au cas où quelqu'un d'autre viendrait. La nuit était silencieuse. Une brise légère effleurait les grandes feuilles de peuplier. La demi-lune projetait de longues ombres sur les structures abandonnées. Une chouette cria deux fois, comme si le carnage n'avait jamais eu lieu.

Raymond traîna l'homme pour l'asseoir contre un arbre et lui aspergea le visage avec l'eau de sa gourde. L'homme postillonna.

— Comment tu t'appelles ? dit Raymond.

— Kowalski.

— T'es salement amoché. Il te faut des soins médicaux. Réponds à mes questions et je t'aiderai. Compris ?

L'homme grimaça.

— Combien d'hommes ici ? dit Raymond.

— Neuf.

— Tu mens ?

— Non.

Raymond jeta un regard à Mick, qui hocha la tête. Ils avaient éliminé tous les ennemis. Mick baissa son arme et s'accroupit à côté de Kowalski.

— Les camions qui montent ici, dit-il. Y a quoi dedans ?

— Je sais pas.

Raymond enfonça le canon de son arme contre la plaie à sa jambe.

— Parle, connard.

— Je ne sais pas, dit Kowalski. C'est des sacs longs. Les chauffeurs pensent que c'est des déchets toxiques. Ils emportent les sacs tout au fond de la mine. Ils y vont en camion.

— Profond comment ?

— Très. Le sergent Russo en sait plus.

— C'est lequel ?

— Plus vieux. Cheveux gris. Il a une sorte de bague. Elle change de couleur avec la chaleur.

— Une bague dosimétrique ? dit Mick. Pour les radiations.

L'homme opina frénétiquement, écartant sa jambe de Raymond.

— Ouais, ouais, dit-il. Le sergent, il a ça et un bracelet.

— OK, dit Mick. Tu t'en sors comme un chef.

L'homme le dévisagea avec un air d'espoir malgré la douleur.

— Depuis combien de temps tu travailles ici ? dit Mick.

— Un mois.

— Bien. Encore juste une ou deux questions, OK ?

L'homme hocha la tête rapidement, reportant son regard sur Raymond comme pour avoir confirmation.

— Regarde-moi, dit Mick. Pas lui.

L'homme obéit. Raymond lui faisait peur, ce que Mick souhaitait et voulait exploiter. Il se força à adopter un ton désinvolte.

— La semaine dernière, dit-il. Je sais plus quel jour. Un homme est monté ici, Barney. Tu te souviens ?

— Ouais.

— C'est toi qui l'as tué ?

— Non.

— Qui, alors ?

— Le sergent Russo.

— Où est le véhicule de Barney ?

— Il a payé un chauffeur pour s'en débarrasser.

— Un autre homme est venu quelques jours plus tard. Qu'est-ce qui lui est arrivé ?

— Ricky l'a trouvé. Le sergent l'a abattu, puis il a envoyé Ricky et Preston en ville avec la voiture et le corps. Je sais pas ce qu'ils ont fait.

— OK, dit Mick. C'est bien. On y est presque. Mon pote, là, il est prêt pour son diagnostic. Il est toubib.

— Ouaip, dit Raymond. Je vais te remettre sur pied.

Raymond tapota sa poche comme pour prouver qu'il avait une trousse de premiers secours. L'homme opina.

— Qui a brûlé la cabane ? dit Mick.

— Euh… fit Kowalski. Quelle cabane ?

— Tu sais quelle cabane.

— Elle était vide. Le sergent nous a dit de la brûler.

— C'est toi qui l'as fait ?

L'homme ne parla pas. Raymond marcha sur sa main blessée.

— J'y ai pas mis le feu, dit l'homme. C'était pas moi !

Raymond fit pivoter sa botte. L'homme hurla et s'évanouit.

— Merde, dit Raymond.

— Laisse-moi inspecter ta plaie, dit Mick.

Raymond leva son T-shirt. La balle était entrée par devant et était ressortie, manquant l'os coxal et les organes vitaux. Mick nettoya la blessure d'entrée avec de l'eau, puis il étala de la pommade antibiotique sur un grand pansement. Il appliqua le pansement et nettoya la plaie de sortie. La blessure était propre, sans aspérité, et saignait régulièrement.

— Il te faut des points, dit Mick. Tu veux aller à l'hosto ?

— Plutôt crever.

Mick sortit le tube de superglu de sa poche.

— Putain de toubib de l'armée, dit Raymond.

Mick sécha la plaie du mieux qu'il pouvait, dessina une ligne de colle le long de la chair et de la peau exposée et il pinça. Il relâcha ses doigts, et le trou fut bouché. Il attendit trente secondes, appliqua un pansement, et enroula une bande de chatterton autour du torse de Raymond.

— La colle va s'enlever au bout de quelques jours, dit Mick.

— Et lui ?

Ils regardèrent Kowalski, qui avait commencé à remuer.

— Il lui faut un médecin, dit Mick.

— Il peut nous identifier.

— Personne ne le croira. Moi je serai en Europe et toi en Californie.

— Maman veut que je reste.

— Tu vas rester ?

— Un peu.

— Je vais chercher le véhicule.

Mick descendit la route de terre. Après le combat, il préférait être seul, afin de chasser les restes d'adrénaline et de peur intense. La dernière fois, c'était des années plus tôt en Afghanistan, une opération basée sur des renseignements erronés qui avait eu pour conséquence seize morts dans les rangs américains. Mick avait été blessé deux fois, mais il avait continué de se battre et avait reçu une Silver Star pour sa bravoure. Il s'était remis sur pied et avait intégré le CID. Tuer en temps de guerre était encadré par la loi, mais il n'y avait rien de légal dans leur mission actuelle. Il avait assassiné la sentinelle, puis tué des civils qui se défendaient. Il avait fait exactement ce qu'il s'était efforcé toute sa vie d'éviter : tuer par vengeance. Il avait beau essayer de s'en éloigner, il était lié aux collines. Il n'aimait pas tuer, il était juste doué pour ça. Il pouvait justifier ses actions, comme tous les hommes qu'il avait mis sous les verrous. Il se détesta brièvement, puis repoussa cette pensée. Ses sentiments n'avaient pas d'importance, n'en avaient jamais eu.

Au pied de la colline, il but la moitié de sa gourde, en se demandant s'il était en surmenage. Peut-être qu'il s'agissait de stress post-traumatique. Sa mauvaise jambe lui faisait mal. Une nouvelle possibilité l'assaillit – il était en colère à cause du divorce et défoulait sa rage sur des inconnus. Il examina cette idée et la rejeta. Le divorce l'attristait, mais la source de sa fureur était Jacky. Il était mort parce que les hommes des mines l'avaient pris pour Mick dans son lit. C'était de la lâcheté de leur part. Accepter de l'argent pour tuer était leur décision. Ils avaient pris l'épée. Maintenant ils gisaient dans leur sang. Un jour ce serait pareil pour Mick.

Il coupa à travers bois jusqu'au pick-up. Il roula phares baissés, éclairant à peine la route. Arrivé au sommet, il fit demi-tour et se gara dans les ombres épaisses de la lisière des arbres. Il sortit la pelle de la benne et traversa le terrain jusqu'à Raymond, qui le retrouva en haut de la pente herbeuse.

— Où est le prisonnier ? dit Mick.

— Il n'a pas survécu.

— On en avait besoin pour savoir qui était derrière ces rejets.

— Ils travaillent pour Blacksword Security, une société texane. Tous des anciens militaires. Le sergent parle par téléphone portable à quelqu'un au centre de traitement de Buckner. Il a entendu des appels à quelqu'un qui est apparemment un des chefs, M. Knox.

— Murvil Knox ?

— Pas de prénom. C'est lui qui leur a dit de mettre de l'héroïne sur Fuckin' Barney. Une histoire de couronne jaune.

— Où ils l'ont trouvée ?

— Un gars de Knox.

Mick se détourna, préférant ne pas savoir comment Raymond avait obtenu cette information. Il se dirigea vers l'entrée de la mine.

— J'y vais, dit Mick. Ta mère pense qu'il l'a cachée près de l'entrée.

— Ouais, enfin, elle pense aussi que les premiers pas sur la Lune étaient fake.

— Oncle Merle a travaillé ici il y a cinquante ans. Il m'a dit qu'il y avait un bureau à l'intérieur.

Mick fixa la lampe torche à son gilet et l'alluma. Il glissa ses mains dans les gants de travail en cuir et apporta la pelle dans l'ouverture sombre à flanc de colline. Le rayon de la lampe perçait à peine l'obscurité. Le sol comportait une multitude d'empreintes de pas et de pneus qui s'enfonçaient dans la pénombre. À la droite de Mick, une petite salle était décorée de graffitis à la bombe. Quelques planches vermoulues étaient calées contre le mur. Au plafond, il distingua les restes d'une douille de lampe, les fils de cuivre volés depuis longtemps. Le seul bruit était un *plic ploc* étouffé aux tréfonds de la terre. C'était un bon endroit pour les serpents, mais il jugea que le passage des hommes et des camions les avait chassés. Il décrivit un cercle, cherchant de la terre meuble, un endroit où Barney aurait enterré la valise de sa tante. Rien. Les murs étaient en pierre solide, ce qui signifiait qu'il allait devoir s'engouffrer dans les entrailles de la terre.

Il marcha lentement le long d'un mur, examinant le calcaire, en quête de terre manipulée. Dans le faible rayon de la lampe torche, tout semblait uniforme. L'air noir était frais et humide. Il arriva dans une pièce avec dix mètres de hauteur sous plafond et deux galeries, à droite et à gauche, qui plongeaient dans l'obscurité la plus totale. Il entendait sa propre respiration et rien d'autre. Derrière lui, l'entrée formait un petit carré de lumière. Il eut une envie soudaine de foncer vers elle, de fuir ces ténèbres enveloppantes. Plusieurs grandes inspirations le calmèrent, et il estima que Barney ne serait pas allé plus loin. Les murs étaient en pierre, sans aucun endroit pour cacher un paquet. La drogue devait être plus près de l'entrée, sans doute enfouie.

Mick revint sur ses pas, inspectant minutieusement l'autre mur. Il était solide. La terre en dessous paraissait intacte. Il se demanda s'il s'était trompé, si l'ennemi avait trouvé la valise. La silhouette de Raymond se dressait à l'entrée, tournée vers l'extérieur, l'arme en position. Mick en éprouva un soulagement qui le surprit.

Il sonda la terre compacte avec la pelle, dessinant des lignes parallèles dans la première salle comme pour aérer le sol. La pelle heurta la roche quelques centimètres sous la surface. Il acheva son quadrillage de la zone, dépité, et se dirigea vers une étagère vermoulue qui avait contenu des centaines de champignons à une époque. Utilisant la pelle comme levier, il s'efforça de déplacer l'étagère à quelques centimètres du mur. Il passa d'un côté à l'autre, écartant l'étagère jusqu'à distinguer la terre en dessous. De nouveau, la pelle heurta de la roche. Rien n'était enterré sous l'étagère. Le mur derrière affichait un arc de cercle décoloré qui partait du sol. Il enfonça la pelle dans la terre meuble qui emplissait l'arc. Il dut déplacer l'étagère d'un nouveau mètre pour y accéder. Malgré l'air frais, il suait à grosses gouttes. Il retira de la terre d'une ouverture qui, comprit-il, faisait partie du système de ventilation mis en place par les cultivateurs de champignons. L'argile était d'abord compacte, puis meuble. La pelle heurta quelque chose de malléable. Il évacua de petites pelletées de terre, révélant une valise carrée avec une poignée. Mick l'apporta à l'entrée et sortit, heureux de l'air pur, de la traînée d'étoiles à l'est et de la brise qui lui rafraîchit le visage.

— Faut dégager, maintenant, dit Raymond.

— Pas encore.

— C'est une zone de combat, mec. On peut pas rester.

— C'est une scène de crime, dit Mick. Et c'est nous les suspects.

— C'est quoi le plan ?

— Ton prisonnier a dit que le sergent parlait à des gens au téléphone.

— Ouais.

— Je veux ce téléphone.

En dix minutes, ils avaient inspecté tous les corps, aucun ne portant d'identification. Le plus vieux avait des cheveux gris et une petite bedaine. Mick estima qu'il s'agissait du sergent. Un pistolet .45 gisait à côté de lui. Sa poche contenait deux téléphones.

— Il me faut un bout de ce T-shirt, dit Mick.

Raymond sortit un couteau de sa botte et découpa un morceau de tissu. Mick l'utilisa pour ramasser le pistolet. Il le glissa dans la poche cargo de son pantalon et examina les téléphones. Le premier semblait destiné à un usage général. L'autre n'avait qu'un numéro dans son historique d'appels. Mick l'appela. Après trois sonneries, un homme répondit d'une voix sèche.

— Russo ?

— Non, dit Mick. Russo est mort. Tout le monde est mort.

— C'est quoi ce bordel ?

— C'est un avertissement. Faut envoyer une équipe de nettoyage ici avant que la police rapplique.

— Passe-moi Russo.

— Écoutez ce que je vous dis. Russo est mort. Le reste des hommes aussi. Comment vous croyez que j'ai eu ce téléphone ? C'est la merde ici. Un fiasco total. Il nous faut un hélico pour les corps.

L'homme à l'autre bout du fil était silencieux. Mick entendait sa respiration.

— Monsieur, dit Mick. Il y a une grotte remplie de déchets illégaux. Ça va faire rappliquer les fédéraux. Tout ça remonte direct à Blacksword.

Mick raccrocha.

— Il me faut encore du tissu, dit-il à Raymond. Veille à ce qu'il y ait du sang dessus.

Mick enleva la bague dosimétrique du doigt de l'homme. Raymond découpa des pans du T-shirt du mort et les tendit à Mick, qui essuya le téléphone. Tenant le téléphone par un coin, il enveloppa la main du mort et ses doigts autour avant de l'entourer du tissu ensanglanté et de le fourrer dans sa poche.

L'autre téléphone se mit à sonner. Mick répondit.

— Toujours moi, dit Mick. Les oiseaux sont en vol ? C'est le dernier avertissement. *Di di mau.*

Il raccrocha et rangea le téléphone. Raymond était hilare.

— *Di di mau ?* dit-il. Sérieux ?

— Bah, j'ai pensé qu'un peu d'argot à l'ancienne pourrait les mettre sur la mauvaise piste.

— On peut bouger, maintenant ?

Mick acquiesça et ils se dirigèrent vers le pick-up. Il jeta la pelle et les gants dans la benne, puis attacha la valise contre la paroi. Il quitta la colline pour rejoindre le bitume, roula quelques kilomètres et bifurqua sur une voie étroite sous une voûte d'arbres denses. Raymond balaya les lieux du regard, arme prête à tirer, toujours en mode mission. Quelques kilomètres plus loin, la route s'achevait au bord de Sand Plank Pay Lake. Ils jetèrent leurs armes et leurs munitions dans l'eau avec la pelle. Après avoir rempli les gants de cailloux, ils les jetèrent à leur tour.

Mick retraversa le comté jusqu'à la maison des Kissick. Aucun des deux ne prononça un mot. Mick se gara sur la route pour éviter de perturber le sommeil de Shifty.

— Tu crois que ça va nous retomber dessus ? dit Raymond.

— À mon avis, Blacksword va nettoyer les lieux. Ils ont plus à perdre que nous.

— J'aime pas laisser tous ces déchets toxiques là-haut.

— J'ai un plan pour ça.

Ils se dévisagèrent en silence. Mick voyait que Raymond se demandait s'il fallait poser la question.

— OK, dit Raymond. Tant que je reste en dehors.

— J'ai besoin d'un service, dit Mick. Une douche et des vêtements propres.

— Tu peux pas aller chez toi ?

— Je préfère pas. Je suis chez ma sœur en ce moment. Merde, l'élection.

Mick alluma son téléphone et consulta ses messages : trois de Linda et un de Johnny Boy. Linda avait gagné l'élection. Elle serait shérif pour les quatre années à venir. Raymond descendit du pick-up.

— Entre, dit-il. Utilise pas toute l'eau chaude.

Sur le porche, Mick se déshabilla. Raymond lui montra la salle de bains et Mick se doucha rapidement. Son torse était couvert d'égratignures et de piqûres d'insectes après avoir rampé dans la colline. Il se lava les cheveux et se sécha. Une pile de vêtements dépareillés était posée par terre. Il trouva un ensemble presque assorti et rejoignit Raymond dans la pénombre du salon.

— Chemise de Mason et pantalon de Barney, dit Raymond. J'ai pas trouvé de ceinture. Je vais me débarrasser de tes vêtements et des bottes. Bouge pas, j'ai oublié les chaussures.

Raymond partit dans le couloir et en revint avec une paire de bottes de cow-boys, des chaussures de ville et des Converse montantes. Mick desserra les lacets des Converse et les enfila, sachant qu'elles se feraient à son pied.

— Ça va ? dit-il.

— Non, dit Raymond. Toi ?

— J'ai vu pire. Fait pire.

— Moi aussi. Mais là c'étaient des citoyens américains.

— Tes frères aussi.

Ils se dévisagèrent en silence. Il n'y avait rien d'autre à dire. Ils étaient désormais liés à jamais et ils voulaient tous les deux sortir de là. Mick remit en place ses cheveux humides autour des oreilles.

— Très présentable, dit Raymond. T'as un rencard ?

— Non, bien sûr que non.

— Tu mens, mec ? Ouais, tu mens. C'est Sandra ? Passe-lui le bonjour de la part de Ray-Ray.

— Je dirai rien du tout sur toi. Le mieux qu'on puisse faire, c'est de plus jamais se revoir.

— C'est clair.

Raymond tendit la main.

— Pas mal, pour un soldat de l'armée, dit-il.

Mick hocha la tête, lui serra la main et s'en alla. Il transféra la valise dans la cabine du pick-up, puis roula vers la ville. Les rues étaient vides, les feux clignotaient et il comprit à quel point il avait été facile de se débarrasser du corps de Barney dans la ville silencieuse. Il se gara devant chez Sandra. La lumière du porche brillait d'un jaune tamisé. Le tremblotement d'une télévision lui parvenait depuis les fenêtres du salon. Mick agrippa la poignée et hésita, en se demandant si tout ça avait du sens. Il était resté loyal à Peggy pendant tout leur mariage. À présent, il se demandait s'il était apte au service. Une femme en dix-huit ans. Peut-être que ça s'arrêtait là pour lui.

Il traversa le jardin à grandes enjambées avec toute l'assurance qu'il parvint à mobiliser et frappa doucement à la porte, espérant que Sandra ne réponde pas. Au bout de vingt secondes, elle ouvrit.

— J'ai entendu le pick-up, dit-elle. Entre.

Il hocha la tête et franchit le seuil.

24

D'ORDINAIRE, Mick se réveillait d'un coup, mais aujourd'hui son retour au monde fut graduel. Il n'était pas certain de sa position, sinon que c'était un lit extrêmement confortable. Il ne s'était pas senti aussi détendu depuis des mois. Sur la table de chevet, il trouva un mot de Sandra – elle était sortie faire des courses, Mick pouvait prendre ce qu'il voulait dans la cuisine et elle espérait le revoir. Il se leva, s'habilla et s'en alla.

Chez sa sœur, il enfila ses propres vêtements. Dans le jardin de derrière, il brûla le T-shirt et le pantalon empruntés à Raymond. Il appela l'antenne du FBI de Louisville et demanda l'agent spécial Wilson. Le standard le fit patienter quinze minutes. Il avait rencontré Wilson un an plus tôt, quand l'agent avait été dépêché pour aider Linda sur son premier homicide. Comme seuls en sont capables les débutants pistonnés, il avait réussi à s'aliéner Linda, Johnny Boy et Mick. Coffrer le mauvais type avait encore aggravé la situation.

Wilson arriva au bout du fil, sa voix obséquieuse teintée par son ressentiment coutumier et par une lassitude nouvelle. Mick se demanda si c'était une posture, un truc appris auprès des vieux briscards du Bureau.

— Ici l'agent spécial Wilson, dit-il.

— Vous mourez d'envie de retourner à Washington ?

— Qui est à l'appareil ?

— Le type qui va vous faire faire carrière.

— Identifiez-vous.

— Mick Hardin. Raccrochez pas.

— Je vous dois un taquet dans le ventre.

Mick l'informa brièvement des déchets toxiques, des camions arrivant d'autres États et de Blacksword. Il donna à Wilson la direction des Mushroom Mines, en soulignant la nécessité de porter des combinaisons hazmat et des détecteurs de radiations. Il omit de mentionner la fusillade.

— C'est du solide ? Je peux pas gaspiller les ressources du bureau pour courir après la lune.

— Quand vous rappliquerez ici, contactez ma sœur. Elle aura plus de détails et des preuves potentielles.

— Quel genre ?

— Des portables, une arme, de l'ADN et un dosimètre, qui proviennent du site. Deux ou trois noms.

— Si vous vous foutez de ma gueule, je vous fais coffrer.

— Je dois filer. J'ai un avion pour la base.

— Bon débarras.

Le téléphone cliqua dans le vide à l'oreille de Mick. Il revint à l'intérieur et refit du café. Il était en train de s'en verser une tasse quand sa sœur entra.

— Félicitations, shérif, dit Mick.

— Ouais, merci. C'est déjà le bordel. Je suis en sous-effectif et Johnny Boy est en intervention à Sharkey. Un type raconte qu'un porc marron tue du bétail.

— Je crois pas que les porcs font ça.

— Moi non plus, mais y a bien quelque chose qu'a tué ces bêtes. Il m'a envoyé trois photos. Il a fallu que je force la main à Johnny Boy pour qu'il bouge son cul. Il a peur que ce soit un coup des OVNI.

— Des coyotes, dit Mick. Ou bien une meute de chiens sauvages.

— Je sais. Mais il a des vaisseaux spatiaux plein la tête.

— Il a toujours été comme ça ?

— Il en a vu un quand il était petit. Et un autre il y a quelques années.

— Tu le crois ?

— Plutôt, ouais. Il boit pas, il se drogue pas. À part sa peur des fantômes, il est plutôt stable.

Mick hocha la tête. Un colibri inspecta une ipomée sans fleurs, avant de passer à autre chose.

— Tu manigances un truc, Mick. T'es toujours en vadrouille, et t'as découché hier soir.

— D'abord, hier soir ne te regarde pas. Ensuite, c'était personnel.

— Peggy ?

— Non, elle vit toujours avec ce type.

— Des fois, les gens se remettent ensemble au dernier moment.

— Pas nous, dit Mick. C'est fini.

— Y a quelqu'un, n'empêche. Pas vrai ?

— Confidentiel, frangine. T'as pas besoin de savoir.

— Je suis contente pour toi. Moi aussi, j'aurais bien besoin d'un bon ramonage.

— Euh…

Linda sourit, savourant son inconfort. Son portable sonna, et elle répondit. Mick prépara des sandwichs pendant qu'elle écoutait et prenait des notes. Linda raccrocha et ils mangèrent à la vieille table de leur mère en Formica délavé avec une bande métallique le long du bord.

— C'était la fourrière, dit-elle. Ils ont écarté la piste des OVNI.

— Quel soulagement.

— Comment va ta jambe ? dit-elle.

— Guérie. Elle se renforce.

— Tu m'as jamais dit ce qui s'était passé.

— Avec un pote, on était à la recherche d'un mec. Il a tué sa copine et s'est évaporé dans la nature. On a fouillé un village, mais il y était pas. Sur le chemin de la Jeep, on s'est pris une bombe. Mon pote est mort. Le pire, c'est que j'ai vu qui a fait le coup. Un gamin. Peut-être dix ou onze ans. Il tenait un téléphone et il me regardait. Il m'a fait un grand sourire. Et puis *boum*.

Elle chercha sa main et la serra un instant.

— Désolée, grand frère.

Mick hocha la tête. Il ne se souvenait pas de la dernière fois que sa sœur l'avait touché. Peut-être une accolade à la mort de leur mère. Elle retira sa main.

— J'ai parlé avec un enquêteur de l'ATF spécialisé en incendies volontaires, dit-elle. Ils vont rappliquer cette semaine.

Mick acquiesça. Il alla dans sa chambre chercher les téléphones, le .45 et le dosimètre. Il les posa sur la table.

— Ça vient des types qu'ont mis le feu. Marquis a extrait une balle de Fuckin' Barney. Elle est chez les municipaux. Je parie qu'elle correspondra à ce flingue.

— Où t’as trouvé tout ça ?

— L’arme appartient à Russo, prénom inconnu, ancien militaire, grade de sergent. Tu peux l’identifier par les empreintes digitales sur le téléphone. Au cas où les archives seraient expurgées, le sang sur le tissu a son ADN.

— Expurgées ? dit Linda.

— C’est sans doute un opérateur clandestin. Aucune trace officielle.

— Il faut que tu m’expliques ce qui se passe.

— Ça concerne les fils Kissick et les déchets toxiques. Je connais pas tous les détails.

— Mon cul, ouais. Quels déchets toxiques ? Où ?

— Les portables sont à Russo, aussi. Un a servi à appeler Blacksword Security. L’autre, le centre de traitement de Bruckner, et un certain M. Knox.

— Knox ? dit-elle. Murvil Knox ?

— Possible que ce soit lui qui ait mis l’héroïne sur Fuckin’ Barney pour le faire accuser.

— De mieux en mieux.

— C’est pas tout, dit-il. Ce type du FBI, Wilson, va débarquer.

— Pourquoi ?

— Je l’ai appelé.

Linda se leva et décrivit un tout petit cercle. Mick reconnut la manifestation de son exaspération et se prépara à la suite. Il était soulagé qu’elle ait les mains vides. Un jour, elle avait lancé un marteau de chaudronnier à travers une vitre de voiture.

— Mais c’est pas vrai, putain ! dit-elle.

— Ah, je reconnais bien ma sœur.

— Je suis pas ta sœur, je suis le shérif.
— Et moi j'essaie de t'aider, dit-il.
— En faisant rappliquer ce connard de fed ?
— Tu seras dans les petits papiers du FBI et de l'ATF. Toutes les preuves sont là, sur la table.
— Quand est-ce que tu pars ?
— Bientôt.
— Pas assez tôt.

Elle rassembla les preuves et quitta la maison. Mick lava la vaisselle, rangea sa chambre et mit les draps dans la machine. L'étagère au-dessus contenait une boîte de grands sacs-poubelle destinés aux déchets de jardin. Il fourra la valise bleue dans un sac. Il y avait une agence de location Enterprise quelques rues plus loin. Les Converse étaient étonnamment confortables quand il descendit Lyons Avenue, avec son bagage à roulettes et son sac-poubelle. Il salua M. Boyle, qui surveillait la rue depuis son petit porche.

Trente minutes plus tard, Mick partait vers l'Interstate dans un 4 x 4 gris. À Lexington, il s'engagea sur l'I-75 pour les cinq heures de route jusqu'à Detroit. Une fois en ville, il trouva un hôtel pas cher et prit possession d'une chambre décorée en bleu et argent. Il réserva un vol pour l'aéroport de Francfort Hahn le lendemain soir. Soudain épuisé, il se déshabilla et dormit douze heures.

Le buffet de petit déjeuner avait été sérieusement entamé par une équipe d'ouvriers du bâtiment, qui avaient tout englouti sauf les fruits. Mick mangea une banane et but deux tasses d'un café qui le surprit par sa force. Il revint à la chambre, mit la valise bleue dans la baignoire et rinça la glaise. Il la sécha avec une serviette, puis utilisa le sèche-cheveux pour les charnières. Elle s'ouvrit facilement. À l'intérieur, il y avait quatre briques d'héroïne enveloppées dans du plastique transparent et scotchées sur les bords.

Il composa le numéro de Detroit qu'il avait trouvé dans le téléphone de Shifty. Il tomba sur le répondeur, comme il s'y attendait, son propre numéro étant inconnu du destinataire.

— Je représente Barney Kissick, du Kentucky, dit-il. Dites à Charley Flowers que je dois lui parler.

Il raccrocha et regarda par la fenêtre, en se demandant combien de temps il allait devoir attendre. Le parking était vide, à l'exception de sa voiture et d'un camion de chantier portant le logo de Bea Day Plumbing. Sur une petite table étaient disposées des brochures de sites touristiques – musique, barbecue et galeries d'art. Un autre dépliant présentait le musée Henry Ford, dont le fonds comprenait notamment le dernier souffle de Thomas Edison dans un tube scellé et une Wienermobile d'Oscar Mayer.

Quinze minutes plus tard, le téléphone sonna et Mick répondit aussitôt.

— Qui c'est ? dit son interlocuteur.

— J'ai eu ce numéro par Mme Kissick. Je suis son ami.

— Qu'est-ce que vous voulez ?

— Charley Flowers.

— Il est pas là.

— Dans ce cas faites-lui passer le message.

Mick attendit. Au bout de trente secondes, l'autre homme parla.

— C'est quoi le message ?

— Dites à M. Flowers que s'il est pas là, il n'aura pas son bien.

Mick raccrocha avant que le type puisse parler. Deux minutes plus tard, le téléphone sonna de nouveau. Mick répondit.

— Monsieur Flowers ? dit-il.

— Non. Je suis…

Mick raccrocha avant que l'homme puisse terminer. Il se demanda combien de temps ce petit jeu allait se poursuivre. Mick avait sept heures devant lui avant son vol. Dehors, une femme retirait une lourde clé à lavabo du camion de plombier. Le téléphone sonna.

— Monsieur Flowers ? dit Mick.

— Oui, fit une dure voix d'homme.

— J'ai quelque chose à vous. Quelque chose que vous avez donné à Barney Kissick. Il est mort. J'ai l'intention de vous remettre votre bien. Un échange.

Il attendit de nouveau, plus longtemps cette fois. Charley Flowers avait plus de discipline que ses larbins. Mais il avait beau temporiser, Mick savait qu'il voudrait d'autres informations.

— En échange de quoi ? dit Flowers.

— De laisser Mme Kissick tranquille.

— C'est tout ce que vous voulez ?

— Oui, monsieur.

— Qu'est-ce que vous avez derrière la tête ?

— Rien, dit Mick. Je suis un ami de la famille.

— Si j'accepte, et je dis bien si, quand est-ce que je récupère mon bien ?

— Je suis à Detroit en ce moment.

— Neuf heures ce soir.

— Je serai parti. J'ai un emploi du temps serré.

— Vous êtes quoi, politicien ?

— Non, monsieur. J'ai un avion à prendre.

— Pour rentrer au Kentucky ?

— Je propose qu'on se retrouve au dépose-minute de l'aéroport. C'est toujours plein de monde.

— Il y en a deux. Nord et sud.

— Votre choix, monsieur Flowers.

— Nord. Trois heures.

— Très bien.

— Comment est-ce que mon homme vous reconnaîtra ? dit Flowers.

— Envoyez un message à ce numéro quand il sera au dépose-minute. Je ferai un appel de phares.

— Si c'est un coup foireux, vous êtes mort.

— Pas de coup foireux, monsieur Flowers. Je ne veux pas que Mme Kissick souffre.

Flowers raccrocha et Mick rangea son téléphone. Il alla à la réception où il demanda le restaurant le plus proche. On l'informa avec enthousiasme de l'existence d'un établissement spécialisé dans les gaufres au poulet juste à côté. Après avoir mangé, il retourna à sa chambre et se reposa deux heures. Il transféra les briques d'héroïne dans le sac-poubelle, puis il chargea sa voiture. Il roula en dessous des limites, contournant les nids-de-poule, certains contenant des éclats de plastique automobile. Il passa devant des terrains vagues envahis de mauvaises herbes, des rangées de boutiques pour hipsters, puis un quartier de bâtiments abandonnés jouxtant des appartements haut de gamme. Sur un chantier, il jeta la valise bleue vide dans une benne.

Il prit Middlebelt Road vers Goddard, puis tourna sur Service Road, arrivant avec une heure d'avance. Le dépose-minute était plus petit que prévu, conçu de manière circulaire, à sens unique. Tous les véhicules étaient américains, la plupart fabriqués par des entreprises de Detroit. Il trouva une place près de la sortie et se gara en marche arrière. Il y avait deux places libres à côté de lui, puis une berline. Personne n'était au volant, chose inhabituelle dans un dépose-minute. Mick se demanda si c'était un piège. Il enclencha la vitesse, prêt à avorter la mission. Un homme partiellement nu grimpa de la banquette arrière au siège avant. Quelques secondes plus tard, une femme sortit par la porte arrière pour venir côté passager. Elle consulta le rétroviseur pour s'appliquer du rouge à lèvres. L'homme souriait de toutes ses dents quand ils s'éloignèrent.

Mick observa l'entrée, Beretta en main. Le sac-poubelle était sur le siège passager. Un minivan entra et trois voitures sortirent. À trois heures moins cinq, une Cadillac dernier cri arriva au pas, fit le tour du dépose-minute comme Mick un peu plus tôt et se gara en marche arrière en face de lui. Le conducteur portait une casquette des Lions, de travers. Le passager pianota sur un portable. Quand il eut terminé, il leva les yeux. Mick reconnut Vernon Armstrong. Charley Flowers l'avait envoyé avec un autre homme dans les collines l'année précédente pour effrayer Mick, une mission qui s'était retournée contre eux. Mick était surpris que Vernon soit toujours dans le coup, même si, de la paire, il était le plus futé.

Le téléphone de Mick vibra, le message indiquant : "On est là où t'es."

Mick répondit : "Pile en face de vous."

Vernon lut et regarda à travers le pare-brise. Mick fit un appel de phares, puis tapa : "J'ai le matos. Venez le chercher."

La porte de la Cadillac s'ouvrit. Vernon s'avança prudemment sur le bitume et s'arrêta à mi-chemin. Mick baissa sa vitre et sortit la tête.

— Salut Vernon, tu te souviens de moi ?

— Oh putain, dit Vernon. Pas toi.

— Comment va ton pote ? Freddie, c'est ça ?

— Il est mort.

— Je me disais bien qu'il ferait pas long feu dans le business.

— C'était pas ça. Il a fait un AVC.

— Si jeune ?

— Ouais, personne le croit. Mais j'étais là. Il est tombé comme un sanglier. On faisait la queue à un stand de hot-dogs. J'ai dû appeler les urgences, puis dégager.

— Je parie que Charley t'a fait monter en grade.

— J'ai plus de responsabilités, ouais. Tu vas vraiment rendre la came ?

Mick confirma. Il se pencha dans son véhicule, ouvrit la portière passager et poussa le sac-poubelle sur l'asphalte. Le conducteur de la Cadillac cala une arme sur le rétroviseur extérieur, pointée sur Mick. Vernon fit un pas vers le sac.

— Pas tout de suite, dit Mick. Dis à ton pote d'écarter son arme.

Vernon se tourna et fit un geste de la main. Le conducteur rentra son bras dans la voiture.

— Il peut tirer comme ça ? dit Mick.

— Ouais. Il est gaucher. Il fait flipper tout le monde quand il se met à canarder. Jamais vu meilleure gâchette.

— Je te crois sur parole. Je vais partir, maintenant. Ne t'en fais pas, la came est dans le sac. Dis à ton pote de rien tenter de stupide.

— On peut rien lui dire, à celui-là.

— Moi je peux. Mais il aimera pas ma façon de lui dire. Charley non plus.

Vernon réfléchit quelques secondes, puis il se dirigea vers la vitre conducteur de la Cadillac et parla. Il retourna au sac-poubelle, vérifia son contenu, regarda Mick et lui indiqua la sortie. Mick démarra doucement, tourna le volant pour partir, puis s'arrêta.

— Une dernière chose, dit-il.

— Quoi encore ?

— Les routes ici. Pourquoi elles sont aussi mauvaises ?

— Hiver long et beaucoup de voitures.

Mick hocha la tête.

— À la prochaine, Vernon.

— Putain, j'espère pas.

Le bureau des retours d'Enterprise était à huit cents mètres. Mick le dépassa, avança jusque chez Hertz et attendit, au cas où Vernon l'aurait suivi. Satisfait, Mick revint chez Enterprise et se gara. Il remit les clés à la réception et prit la navette jusqu'au Hall A. Il essuya le Beretta, le jeta dans une poubelle et le chargeur dans une autre. De là, il prit un tram qui l'emmena au terminal international. Si quelqu'un trouvait le pistolet, il commencerait ses recherches au mauvais endroit.

Il envoya un message à Raymond : "C'est fait. Ta mère est tranquille."

Une minute plus tard, Raymond répondit: “Merci.”

Mick effaça l’historique de conversation par précaution, au cas où il serait placé en garde à vue. Être prudent signifiait penser comme un criminel, chose en laquelle il excellait. Cela avait aidé sa carrière, mais il se demandait parfois s’il ne dérivait pas trop dans ce sens. Mick avait payé quatre mille dollars pour un billet en première de dernière minute et il rejoignit la queue pour naviguer dans les méandres de la sécurité internationale. Sa pièce d’identité militaire aurait accéléré le processus, mais de nombreux employés de sécurité étaient des vétérans et la plupart des vétérans n’aimaient pas le CID. Les soldats de l’active non plus. Personne n’aimait vraiment le CID, et c’était désormais pareil pour lui. Il était devenu ce qu’il méprisait, un assassin punisseur.

Dans l’avion, son regard se perdit à travers le hublot et il tenta de focaliser ses pensées. Il avait arrêté le rejet de déchets toxiques. Il avait guéri sa jambe, posté des pancartes pour sa sœur et découvert qui avait tué les frères Kissick. Il avait rendu Peggy heureuse en divorçant. Il avait débarrassé Shifty des menaces de Charley Flowers et aidé Jaybird à se sortir du pétrin au Dollar General. La liste était trop courte pour tout le sang versé entretemps. Douze morts, et il était là à se vanter de petites choses. Il se demanda combien de gens essayaient de se convaincre que le meurtre était acceptable au nom d’un Bien supérieur. Il n’était pas dupe. Le Bien supérieur n’existait pas, sinon en tant qu’excuse.

Mick attacha sa ceinture et feignit le sommeil jusqu’à ce que l’avion soit dans les airs. La tension déserta ses membres. Il se sentait toujours mieux quand il quittait un endroit pour en gagner un autre. Il n'était jamais aussi à l'aise qu'à l'étranger, où il était parfaitement normal d'être différent. À part ça, il se sentait bien dans un avion ou seul dans les bois.

REMERCIEMENTS

L'AUTEUR remercie les personnes suivantes pour leur aide lors de l'écriture de ce livre : Kathi Whitley, Jonathan Lethem, Randy Ryan et Melissa Ginsburg.

CATALOGUE TOTEM

300 Craig Johnson, *Tous les démons sont ici*
299 Charles Frazier, *Retour à Cold Mountain*
298 Maren Uthaug, *Une fin heureuse*
297 Lizzie Pook, *La Fille du pêcheur de perles*
296 Edward Abbey, *Seuls sont les indomptés*
295 John Gierach, *Danse avec les truites*
294 Giorgio Scerbanenco, *Les Milanais tuent le samedi*
293 James Crumley, *La Contrée finale*
292 Craig Johnson, *Molosses*
291 Wallace Stegner, *Angle d'équilibre*
290 Sarai Walker, *Les Voleurs d'innocence*
289 Walter Tevis, *La Couleur de l'argent*
288 William Boyle, *Éteindre la Lune*
287 Howard Fast, *Spartacus*
286 Mario Rigoni Stern, *L'Année de la victoire*
285 Larry McMurtry, *Cavalier, passe ton chemin*
284 Giorgio Scerbanenco, *Les Enfants du massacre*
283 Jenny Lund Madsen, *Trente jours d'obscurité*
282 Mark Haskell Smith, *Épices & Love*
281 S. Craig Zahler, *Dédale mortel*
280 Dennis Lehane, *Le Silence*
279 Andrew J. Graff, *Le Radeau des étoiles*
278 Kent Wascom, *Le Sang des cieux*
277 Friedrich Dürrenmatt, *La Panne*
276 Peter Swanson, *Ceux qu'on tue*
275 Daniel Woodrell, *Winter's Bone*
274 Piergiorgio Pulixi, *Le Chant des innocents*
273 Ross Macdonald, *Argent noir*
272 Tess Gunty, *Écoutez-moi jusqu'à la fin*
271 Julia Glass, *Je te vois partout*
270 Craig Johnson, *Dark Horse*
269 Aldo Leopold, *Almanach d'un comté des sables*

268 Blake Crouch, *Wayward Pines 3 : Destruction*
267 Blake Crouch, *Wayward Pines 2 : Rébellion*
266 Blake Crouch, *Wayward Pines 1 : Révélation*
265 Jennifer Haigh, *Mercy Street*
264 Maren Uthaug, *Là où sont les oiseaux*
263 Chris Offutt, *Les Gens des collines*
262 Pete Fromm, *Avant la nuit*
261 Lance Weller, *Le Cercueil de Job*
260 John Gierach, *Truites & Cie*
259 James Crumley, *Les Serpents de la frontière*
258 Giorgio Scerbanenco, *Tous des traîtres*
257 Friedrich Dürrenmatt, *La Promesse*
256 Larry McMurtry, *Et tous mes amis seront des inconnus*
255 Wallace Stegner, *Vue cavalière*
254 Piergiorgio Pulixi, *L'Illusion du mal*
253 Helene Bukowski, *Les Dents de lait*
252 JoAnne Tompkins, *Ce qui vient après*
251 Mark Haskell Smith, *Elephant crunch*
250 Tiffany McDaniel, *L'été où tout a fondu*
249 Alan Le May, *La Prisonnière du désert*
248 Oakley Hall, *Warlock*
247 Peter Swanson, *Chaque serment que tu brises*
246 Giulia Caminito, *L'eau du lac n'est jamais douce*
245 Christina Sweeney-Baird, *La Fin des hommes*
244 John D. Voelker, *Testament d'un pêcheur à la mouche*
243 Maren Uthaug, *Et voilà tout*
242 Ross Macdonald, *La Face cachée du dollar*
241 Pete Fromm, *Le Lac de nulle part*
240 Julia Glass, *Conte d'automne*
239 Giorgio Scerbanenco, *Vénus privée*
238 Elliot Ackerman et James Stavridis, *2034*
237 Thomas Savage, *La Reine de l'Idaho*
236 Kathleen Dean Moore, *Sur quoi repose le monde*
235 Walter Tevis, *L'Arnaqueur*

234 Paul Tremblay, *La Cabane aux confins du monde*
233 Mario Rigoni Stern, *Histoire de Tönle*
232 Kate Reed Petty, *True Story*
231 William Boyle, *La Cité des marges*
230 Keith McCafferty, *Le Baiser des Crazy Mountains*
229 Elliot Ackerman, *En attendant Eden*
228 John Gierach, *Même les truites ont du vague à l'âme*
227 Charles Portis, *True Grit*
226 Jennifer Haigh, *Ce qui gît dans ses entrailles*
225 Doug Peacock, *Marcher vers l'horizon*
224 James McBride, *Deacon King Kong*
223 David Vann, *Komodo*
222 John Farris, *Furie*
221 Edward Abbey, *En descendant la rivière*
220 Bruce Machart, *Des hommes en devenir*
219 Mark Haskell Smith, *À bras raccourci*
218 Winston Groom, *Forrest Gump*
217 Larry McMurtry, *Les Rues de Laredo*
216 Terry Tempest Williams, *Refuge*
215 Wallace Stegner, *La Vie obstinée*
214 Piergiorgio Pulixi, *L'Île des âmes*
213 Giulia Caminito, *Un jour viendra*
212 Julia Glass, *Refaire le monde*
211 David Heska Wanbli Weiden, *Justice indienne*
210 Alex Taylor, *Le sang ne suffit pas*
209 Ross Macdonald, *Le Frisson*
208 Tiffany McDaniel, *Betty*
207 John D. Voelker, *Itinéraire d'un pêcheur à la mouche*
206 Thomas Berger, *Little Big Man*
205 Peter Swanson, *Huit Crimes parfaits*
204 Andy Davidson, *Dans la vallée du soleil*
203 Walter Tevis, *L'Homme tombé du ciel*

CET OUVRAGE A ÉTÉ COMPOSÉ PAR
ATLANT'COMMUNICATION
AU BERNARD (VENDÉE).

ACHEVÉ D'IMPRIMER EN JANVIER 2025 SUR LES PRESSES
DE NORMANDIE ROTO IMPRESSION S.A.S., 61250 LONRAI
POUR LE COMPTE DES ÉDITIONS GALLMEISTER
13, RUE DE NESLE, 75006 PARIS

IMPRIMÉ EN FRANCE

DÉPÔT LÉGAL : FÉVRIER 2025
N° D'IMPRESSION : 2404918